Margherita Capitò

Il delitto della via Accattapane

GIUNTI

Questo romanzo è un'opera di fantasia.
Ogni riferimento a fatti, luoghi e persone esistenti, o esistiti, è puramente casuale e frutto dell'immaginazione dell'autrice.

www.giunti.it

Via Bolognese 165 – 50139 Firenze – Italia
Piazza Virgilio 4 – 20123 Milano – Italia

Prima edizione: marzo 2016
Prima ristampa: aprile 2016

1

Era contento Pedro Hernández Santilla, era anzi molto contento, perché l'indomani sera sarebbe partito: aveva voglia di casa, aveva voglia di Bogotá, dopo anni di lavori sporchi per quel fottuto emiro, anni in cui aveva visto anche quello che non avrebbe voluto vedere.

Addio Europa e anche Medio Oriente. Guidava nella fresca notte estiva in quell'ondulato paesaggio toscano e la luna era appena tramontata: a Roma all'alba. Certo paura ne aveva, e tanta. Potevano sempre trovarlo, quei bastardi. Ma come? Da Parigi aveva viaggiato in treno fino a Milano e poi a Livorno. E lì non lo conosceva nessuno, salvo quei due amici che gli avevano dato una mano e che aveva appena salutato.

A Parigi solo Troussard sapeva i suoi progetti e la sua partenza per l'Italia, ma di Maurice si fidava come fosse un fratello. L'auto era a noleggio e il cellulare nuovo con un nuovo numero… no impossibile. Li avrebbe comunque fregati sul tempo. *Tranquillo, vecchio mio* – si disse – *dopodomani sei a casa.*

La strada che scendeva dalla collina era ormai un rettilineo e mancavano pochi metri al bivio per l'Aurelia, quando Pedro vide un fuoristrada messo di traverso: non c'era spazio per passare; frenò. Due uomini correvano verso di lui; ebbe appena il tempo di mettere la mano in tasca e fare quello che doveva fare, che già avevano aperto la portiera.

«Che me dice de quel ragazzo arrestato stanotte?» La voce del questore era impaziente e alla dottoressa Castelbarco sembrò anche leggermente ansiosa.

«Chi? Il figliolo del Venturini?»

«Sì, lui.»

«Lo abbiamo trovato in spiaggia alle due di notte con trenta grammi di cocaina e un folto gruppo di avventori. Lo stiamo interrogando.»

«Certo è molto giovane...» la voce del questore si era fatta insinuante «è incensurato, viene da una famiglia rispettabile...»

«Dottor Cesaroni, noi qui vorremmo solo sapere dove ha trovato quella roba a Marina di Castagneto e forse, se si spaventa un po', ce lo racconta; nessuna intenzione persecutoria da parte mia.»

«E ha raggione, pure lei; sbrigateve però; il Venturini padre non è uno qualsiasi e mi ha già telefonato due volte.»

«L'avrei cercata anch'io, dottor Cesaroni, per dirle che qui da noi c'è stato un omicidio.»

«Che omicidio?» chiese incredulo.

«Stanotte, intorno alle quattro, su segnalazione di un benzinaio, i miei colleghi hanno trovato a Donoratico, sulla via Accattapane vicino all'incrocio con l'Aurelia, un uomo ucciso con un'arma da taglio e per metà carbonizzato, accanto a un'auto incendiata. Ecco io penso...»

«... siete riusciti a identificare la vittima?»

«No, i documenti sono bruciati, anche quelli dell'auto. Vediamo se dalla Scientifica o dall'autopsia viene fuori qualcosa.»

«Nun ce posso crede.»

«A che cosa?»

«Un omicidio a Donoratico, nun ce posso crede. Avete interrogato il benzinaio?»

«Sì, lui non c'entra.»

«Ce stanno testimoni, tracce, o altro?»

«Niente, almeno per ora.»

«Bene, me tenga al corrente degli sviluppi... e me raccomando il figlio del Venturini. Ah, e niente dichiarazioni ai giornalisti.»

«Per quale dei due casi?»

«Per tutti e due. Buona giornata dottoressa Castelbarco.»

«Buongiorno.»

Il commissario Sonia Castelbarco si passò le mani fra i capelli e si tirò gli occhiali sul naso: il questore era il questore – pensava – e ormai lo conosceva. Un brav'uomo, senza fanatismi persecutori, competente, cordiale anche, ma con la mania di compiacere tutti, soprattutto se gli sembravano persone importanti: il Venturini, *mioddio*, un *quaraquaqua* palazzinaro semianalfabeta, come tanti. Chiamò comunque il suo vice, il dottor Pasquale Ciriello.

«Che racconta il giovanotto?»

«Per ora nulla: continua a dire che ha trovato il sacchetto di coca sulla sabbia, fra due cabine, che certo qualcuno l'avrà perso o lasciato lì per qualcun altro, che lui non sa niente e che la stava fraternamente dividendo coi suoi amici.»

«E come spiega tutti i soldi che aveva in tasca?»

«Glieli aveva dati suo padre.»

«E suo padre naturalmente confermerà.»

«Naturalmente.»

«Mi ha telefonato il questore...»

«Ah, e che ti disse? Che il Venturini è un bravo ragazzo di buona famiglia, che ha solo vent'anni...?»

«Più o meno.»

«E noi continuiamo a interrogarlo?»

«Sì,» annuì il commissario «però sono le dieci e io mi sto addormentando.»

«Anch'io, micidiale 'sta sveglia alle tre, proprio in mezzo al sonno, quello da sprofondo. Un altro caffè?»

«Sì, poi vengo a conoscere questo bravo ragazzo; ma l'interrogatorio lo lasciamo a Giampiccolo e Antonini e noi ci occuperemo dell'omicidio.»

Maurizio Venturini era seduto di fronte ai suoi interlocutori e aveva un'espressione insolente, non sembrava avere paura. Vedendo entrare il commissario, ebbe un moto di sorpresa.

«Non sapevo che ci fossero...» e si fermò.

«Che ci fossero?» chiese l'ispettore Giampiccolo.

«Anche donne in questo posto» concluse il ragazzo a voce bassa ma non senza supponenza.

«Non solo ci sono,» ringhiò Giampiccolo «ma si dà il caso che la dottoressa sia anche il capo.»

«Ah!» e il ragazzo abbassò lo sguardo.

Il commissario lo osservò a lungo: era un ragazzo spaventato, che nascondeva la paura sotto l'arroganza di chi si sa socialmente protetto. Si agitava sulla sedia, muoveva di continuo le mani e i piedi, le narici erano dilatate e tremava leggermente. Tossico era tossico, pensò Sonia, e nonostante l'espressione di sufficienza indisponente faceva pena, perché sapeva di essere nei guai.

«Bene,» disse intenzionalmente la dottoressa Castelbarco

«proseguite pure voi due, io e Ciriello andiamo a occuparci dell'omicidio dello spacciatore.»

«Quale spacciatore?» chiese il ragazzo scattando sulla sedia.

«Ma a lei che gliene importa?» sorrise Giampiccolo. «Tanto non conosce nessuno, no?»

Tornando in ufficio Ciriello riprese il discorso da dove era stato interrotto: «La vittima, ne parlavo prima anche con Giampiccolo, non sembra identificabile. Il corpo è già all'ufficio di medicina legale e aspettiamo che la Scientifica vada a vedere la macchina. Nel pomeriggio Vincenzo rimorchierà l'auto in officina».

«Stamattina non poteva?»

«No, è a Cecina e i suoi meccanici non hanno l'autorizzazione per questi interventi; comunque la via Accattapane è transitabile e c'è un vigile.»

«Quando avremo i risultati dell'autopsia?»

«Non lo so, ci chiama il dottor Antonazzi appena sono pronti. C'è però un dettaglio strano,» aggiunse Ciriello «il passaporto, tutto bruciato e illeggibile, comunque non italiano, era negli slip: probabilmente temeva un agguato e sapeva che se l'avessero scoperto, avrebbero voluto renderlo non identificabile. Forse non gli hanno trovato il documento, era buio, o più probabilmente pensavano che bruciasse tutto... l'assassino deve essere stato disturbato da qualche imprevisto.»

«Perché?»

«Perché forse avrebbe frugato il corpo se avesse avuto tempo e poi, appunto, perché – lo hai visto anche tu – la vittima è solo parzialmente bruciata, si vede per esempio il segno della coltellata all'altezza del cuore. Penso che avrebbe fatto un lavoro più accurato, se avesse avuto tempo.»

«Nessuno degli abitanti della via Accattapane ha sentito niente?»

«In quel punto non ci sono case; a cinquanta metri c'è un vivaio, ovviamente chiuso, e più all'interno rispetto alla strada la villetta del benzinaio che ha dato l'allarme. Prima aveva pensato allo scoppio di una caldaia, poi...»

«... ha sentito l'odore della benzina.»

«Eh già.»

Ciriello le sorrise e per un attimo la sua faccia si risollevò. Nella sua immagine tutto si inclinava all'ingiù: i grandi occhi neri, i lisci capelli scuri oltre la fronte stempiata, il naso, la bocca, le spalle, persino la giacca della divisa pareva volersi ripiegare afflosciandosi sul lungo corpo dell'ispettore. Sembrava triste, senza esserlo, ed era in fondo un bell'uomo, anche se non si poteva definire sensuale.

La metamorfosi arrivava con la musica: Sonia l'aveva visto un paio di volte ballare, si muoveva ancheggiando e contorcendosi come una ballerina libanese e allora sembrava più giovane dei suoi quarant'anni e più attraente. Suonava la chitarra elettrica fin da ragazzo e a Napoli aveva fatto parte di una band che si chiamava "Black out".

La dottoressa Castelbarco era molto contenta di averlo come vice: conosceva la zona da tempo, era affidabile, per bene, certo non molto intuitivo e nemmeno veloce nel lavoro, ma democratico e privo di smanie competitive con le donne. E poi aveva quel senso dell'umorismo speciale nei napoletani, beffardo e bonario insieme, e si faceva ben volere.

«Tu dici dunque che qualcuno deve averlo disturbato, l'assassino» riprese il commissario. «E come mai questo qualcuno non si è fatto vivo con noi? Prima del benzinaio?» Di fronte al silenzio di Ciriello riprese: «Potrebbe esserci qualche collegamento fra il Venturini e la vittima?».

«Non lo credo probabile: penso piuttosto che quel ragazzo sia finito in un giro sballato di livornesi e abbia pensato di aprirsi occasionalmente un suo piccolo mercato estivo su queste spiagge.»

«Abita a Livorno?»

«Sì, con i genitori e la sorella.»

«Forse è come dici: ma è la prima volta in questo commissariato che mi trovo davanti a un omicidio, oltre a tutto indecifrabile, e sono un po' spiazzata… ti ricordi altri casi?»

«No,» rifletté Ciriello «solo omicidi colposi e comunque i fatti di sangue sono del tutto eccezionali in questa zona.»

«E poi gli stranieri qui sono turisti o lavoratori africani: una rapina con coltellate e incendi mi sembra improbabile, si direbbe un regolamento di conti. Non credo che potremo fare granché, sai: se non riusciamo a identificare la vittima e l'auto, la partita è chiusa.»

Il resto della mattina fu inghiottito dall'ordinaria amministrazione, ma all'una la dottoressa Castelbarco decise di saltare il pranzo per andare al mare: la vita ogni tanto impone drammatiche scelte.

Quell'inizio di agosto era molto caldo e a Donoratico, oltre la pineta, le dune e le rovine di un Club Méditerranée abbandonato ormai da anni, si apriva un tratto di mare pulito con pochissima gente. Era la sua prima estate da commissario di polizia nel comune di Donoratico e Castagneto Carducci e lei, milanese e dopo anni di lavoro a Isernia e a Venosa, subiva la seduzione del mare. Si spogliò della divisa, infilò bermuda e maglietta sopra il costume, prese un asciugamano e salì in bici.

Nuotò a lungo e con calma, sapeva che il ritmo le faceva bene, ma al ritorno, prima di rientrare in commissariato, decise di fare un sopralluogo sull'Accattapane; probabilmente aveva ragione Pasquale: qualcuno doveva aver impedito all'assassino di fare il suo lavoro a regola d'arte. Ma neanche questo qualcuno aveva lasciato tracce?

2

La via Accattapane unisce Donoratico, sul mare, a Castagneto sul cucuzzolo di una collina: otto chilometri di una strada incantevole fra vigne e ulivi, ma deserta e rovente alle due del pomeriggio.

Il commissario vide il relitto dell'auto, le transenne, i segnali e anche il vigile che cercava un angolino d'ombra sotto i rami di un grande albero di mimosa che si piegavano sulla strada. Ma vide anche un uomo che le dava le spalle e che camminava lentamente guardando per terra, come se stesse cercando qualcosa.

Chi era? E cosa cavolo cercava? E che ci stava a fare allora il vigile? Scese dalla bici e si diresse verso di lui che, avendola sentita, si voltò di scatto: «Giampiccolo!». Era l'ispettore in jeans e maglietta.

«Oh, dottoressa, eccola qua» sorrise lui per niente sorpreso. «Volevo frugare un po' aspettando Vincenzo, perché, se davvero è passato qualcuno a disturbare l'impresa, come dice anche Ciriello… insomma sto *segugiando* (*segugiare*, nel lessico del commissariato stava per "cercare tracce"); del resto lei è qui per lo stesso motivo» concluse Giampiccolo lanciandole un'occhiata sghemba.

«Visto niente?»

«Per ora solo quel segno di frenata che sembra di una moto, o di un motorino. Niente altro. Non ci sono invece tracce di frenata davanti all'auto, dunque l'assassino deve avere messo la sua macchina di traverso alla strada, obbligando la vittima a fermarsi.»

Il commissario e l'ispettore Salvatore Giampiccolo, chiamato da sempre e da tutti "Ninì", condividevano quella che il questore definiva "passione investigativa", oltre che un certo carisma naturale. Di media statura, poco più di trent'anni, gli occhi a mandorla che sembrava ridessero sempre e un sorriso abbagliante nella faccia scura, Ninì nella squadra era il prediletto di Sonia: erano diversi eppure simili e s'intendevano al volo. Curiosi e intuitivi, lavoravano in modo piuttosto disordinato, spesso da soli, seguendo percorsi mentali qualche volta estranei a ogni logica e sul filo dell'assurdo, ma non privi di risultati.

Certo – pensava Sonia – è un ripugnante maschilista sciupafemmine, d'estate passa il suo tempo libero con le turiste a compiacere il suo adorato uccello, certe volte è prepotente, con un ego ipertrofico, ma mica è il mio uomo, e poi nel lavoro è veloce e pieno di energia e quando parliamo di politica non mi sento un'aliena.

A tutti e due piaceva mangiare e bere bene e da Ragusa, quando era tornato a casa per Pasqua, Ninì aveva portato a Sonia cioccolato, cannoli e bottarga. Perché anche a Giampiccolo piaceva il commissario: prima di tutto era carina, bionda e morbida, persino con le lentiggini sul naso, e poi era sveglia, per niente autoritaria e capace di delegare. Lui la immaginava passionale, dietro quell'espressione supponente da superdonna, ma certo la sua alterigia qualche volta era insopportabile, come il suo umore lunatico e imprevedibile. E per finire era veramente troppo distratta. Una volta non aveva chiuso come si deve la gabbia di un cobra, sequestrato a un circo, e alle nove di sera l'agente di turno se lo era visto strisciare davanti alla cabina del centralino.

Adesso i due "sbirri" erano chini sul terreno a cercare, in silenzio.

«Guardi qua dottoressa, guardi qua» esclamò Giampiccolo e additò qualcosa che luccicava nell'asfalto.

«È un pezzetto di vetro.»

«Sì,» l'ispettore lo prese con le pinzette e lo inserì in una bustina di cellophane «non è molto, ma è meglio di niente. Si direbbe che sia vetro di occhiali, è curvo.»

«Potrebbe essere anche di un bicchiere o di una bottiglia» osservò la Castelbarco con un breve ghigno di superiorità.

«Vedremo» rispose l'ispettore e pensò: *Che stronza.*

Camminarono ancora qualche minuto in silenzio finché Giampiccolo vide il suo commissario precipitare con un gemito nel fosso al margine della strada e fermarsi col sedere per aria e la testa nella terra. Corse ad aiutarla, ma lei si era già messa seduta lì dov'era e cercava di togliersi la polvere dai capelli e dalla faccia.

«Dottoressa… si è fatta male?» Ma i suoi occhi ridevano, mentre si sedeva accanto a lei.

«No, niente niente, sono inciampata, come al solito non guardo dove metto i piedi, lo sa che sono distratta… ma porca miseria, adesso mi sono anche seduta sull'unico sasso che c'era.»

Si spostò e tirò via il sasso che invece era un casco da moto, nero. Sonia rimase immobile a fissare come un'apparizione l'oggetto che aveva fra le mani, poi incontrò lo sguardo di Ninì e insieme scoppiarono in una risata che inspiegabilmente si trasformò in un attacco di *fou rire*. Seduti nel fosso, in quel caldo infernale, davanti a una strada deserta, sembravano due ragazzi un po' fuori di testa, e forse lo erano.

Certo si piacevano quei due ma, oltre a tutto il resto, condividevano un imperativo molto categorico "mai coi compagni di lavoro", imperativo che non ammetteva eccezioni, anche perché era scritto nel regolamento. E siccome l'attrazione era molto fisica, in comune e implicito accordo cercavano di mantenere una distanza di sicurezza. Che adesso non c'era.

Era intanto arrivato il carro attrezzi; ne scese il titolare dell'officina, con i suoi aiutanti, e vide quei due nel fosso, molto vicini, che ridevano; conosceva bene Giampiccolo: «Oh Ninì, tutto bene? O che ti porti una bimba nel fosso con questo caldo? In camporella 'un ci si va più la sera?».

«Enzo,» rispose per niente imbarazzato l'ispettore, risalendo con la sua compagna sulla strada «non è una bimba, è il commissario Castelbarco, ed eravamo qui per...»

«... oh, mi scusi dottoressa!» sorrise Vincenzo «che stordito! Ma vista da costì, in borghese e nel fosso, *deh*, non l'avevo proprio riconosciuta. Certo l'hanno conciata per benino,» osservò poi dando un'occhiata alla macchina «secondo me era una Opel Corsa e secondo te?»

«Secondo me anche» rispose Ninì, che non voleva essere trascinato in una scommessa sicuramente perdente. Vincenzo ridacchiò compiaciuto.

«Che si fa allora? Si procede?»

«Sì, ma mi raccomando, con le solite cautele,» rispose Sonia «poi verrà la Scientifica.»

«Stia tranquilla che noi si lavora "a modino". Non è da oggi che si fanno questi interventi.»

Ciriello li vide rientrare al comando sporchi, accaldati e con un casco in mano.

«Bella la gita?» domandò.

«Pasquale, se ricominciamo a ridere, oggi non si lavora più» commentò Ninì.

«Non si ride, non si ride; ha telefonato ancora il questore e, dato che tu non c'eri,» disse rivolto a Sonia «ha voluto parlare con me.»

«Per l'omicidio o per il Venturini?»

«Per il Venturini.»

«Che cosa gli hai detto?»

«Un po' di *ammuina*, ho preso tempo, ma aspetta una tua telefonata.»

«E il ragazzo?»

«Aspettavo Giampiccolo, magari in divisa» osservò con la sua ironia leggera «per riprendere l'interrogatorio.»

«Molto bene e io aspetto che voi lo concludiate per richiamare il questore» disse il commissario. Poi si chiuse in bagno a fare una doccia e a indossare la divisa.

Alle sei del pomeriggio il giovane Venturini non aveva ancora detto niente.

«Troppa paura» commentò Ninì.

«Sì, è più spaventato da loro che da noi» concluse Pasquale.

«Bene, allora l'imputazione resta lo spaccio; siete d'accordo?» chiese il commissario.

Erano d'accordo.

«Dov'è Antonini?»

«In cortile a fumare.»

«È d'accordo anche lui?»

«Sì, sono d'accordo anch'io» disse il viceispettore Fulvio Antonini entrando nell'ufficio del commissario.

Sembrava il gemello di Dario Argento e, per quel suo aspetto sano e rubicondo, era stato soprannominato "Agonia". Era l'unico livornese della squadra e secondo Giampiccolo faceva un tifo decerebrato per il Livorno. Fumava come un vecchio afgano e sosteneva che i polmoni si puliscono dal catrame trangugiando mentine.

«State qui che chiamo il questore» e il commissario inserì il viva voce.

«Ah, finalmente, aspettavo la sua telefonata; a che punto siamo?»

«Il Venturini è muto come una triglia, l'imputazione quindi è di spaccio, poi andrà avanti la magistratura; per il momento lo mandiamo in carcere a Livorno, stasera.»

«Ma è incensurato, è un ragazzo di buona famiglia, i suoi genitori mi hanno garantito che lo manderanno in comunità... dottoressa le consiglio vivamente di riconsiderare la cosa... perché non lasciare l'imputazione di consumo e mandarlo a piede libero? In fondo non ha parlato e prove di spaccio non ce stanno.»

Sonia lo lasciava parlare.

«Dottoressa, me sente?»

«Perfettamente.»

«Che cosa ne dice? E poi lei è una donna, più incline ancora a capì l'errore di un ragazzino... una sbandata... se sa, come succede all'età sua...»

«Sono una donna,» e la sua voce era tagliente come la lama di un pescespada «ma l'istinto materno non mi consente di riconoscere un benefattore che alle due di notte elargisce trenta grammi di cocaina che corrispondono circa a duemila euro. Senza contare quella che aveva già distribuito; e ottocento euro in tasca sono troppi perché sia vera beneficenza. L'imputazione per noi resta quella. Poi se la vedrà la Procura di Livorno. Ma credo che può tranquillizzare la famiglia:» concluse con una punta di amarezza e una di sarcasmo «i ricchi in carcere sono di passaggio e l'avvocato dei Venturini lo farà uscire molto rapidamente.»

«Credo anch'io, e infatti quello che fa è inutile.»

«Forse sì.»

«Dottoressa, io la capisco e so che ha ragione; e non sa quanto me dispiace di fare questa parte de sta' a raccomanda' un ragazzino viziato; ma io vorrei sempre salvare capra e cavoli, lo sa come sono fatto ormai...»

«Lei vorrebbe che tutti fossero contenti e che trionfasse la giustizia, ma non sempre si può.»

«Anzi, quasi mai» sospirò il questore. «Ci sono novità sull'omicidio?»

«No, per ora no. La terrò al corrente.»

«Buonasera, allora.»

«Buonasera.»

Adesso – pensavano i suoi uomini – il commissario era davvero incazzato, aveva fatto paura persino al povero questore che aveva l'unico difetto di amare il quieto vivere. Stavano in silenzio aspettando almeno una requisitoria contro la misoginia.

«Colleghi,» disse invece con calma il commissario «voi pensate che il questore ha l'unico difetto di amare il quieto vivere, ma quello non è un difetto, è una gravissima colpa, ancora di più perché ha deciso di fare il nostro mestiere. E adesso» aggiunse «sbrighiamo la procedura alla svelta e liberiamoci di quell'imbecille. Occupatene tu Pasquale.»

Quando parla così, perdo la testa per lei, pensò Giampiccolo.

Bussò in quel momento Zanon; veniva a dire che la Scientifica avrebbe esaminato l'auto l'indomani e che lui aveva già avvisato l'officina.

L'agente Francesco Zanon era veneziano e per questo, e anche perché camminava dondolando, in commissariato lo chiamavano "Gondola"; alto e massiccio, biondo e chiaro di pelle, dimostrava meno dei suoi ventotto anni. Parlava pochissimo e arrossiva per niente; adesso, dopo la sua comunicazione, se ne stava impalato davanti al commissario.

«Grazie Zanon, può andare.»

«Comandi.»

Sonia rinunciò a ricordargli che non voleva che le si rispondesse "Comandi". Con Zanon era inutile, aveva la gerarchia nel sangue.

«Chi è di turno stasera?»

«Io» rispose Ciriello.

«Se ci sono novità chiamami a qualunque ora; se no ci vediamo alle otto domattina.»

3

E che cosa ci faceva Pedro Hernández Santilla con un chilo di cocaina in saccoccia? Già, che cosa ci faceva? Era proprio quello che l'attempato malvivente si era chiesto per due giorni girovagando per Parigi e che adesso gli ripeteva con toni sempre più incalzanti il commissario Jacques Trincalon, soprannominato "Minnie" dagli agenti del distretto di polizia di rue Stalingrad.

Pedro Hernández Santilla era un indio colombiano che aveva cominciato la sua carriera a tredici anni e, potendo scegliere se continuare a raccogliere banane per mille pesos alla settimana o trasferire dalla Colombia a Panama gli smeraldi rubati nelle miniere a diecimila pesos al passaggio, non aveva avuto paralizzanti esitazioni.

In sette anni, trascorsi fra sentieri di confine e carceri di periferia, aveva raccolto un piccolo gruzzolo, si era trasferito in città dove aveva messo su famiglia, dedicandosi contemporaneamente e con profitto al traffico di cocaina.

Ma dove l'indio eccelleva, dove esprimeva l'arcana magia e l'indefinibile carisma della sua gente era nell'attività di baro. I suoi occhi impenetrabili e sonnolenti erano capaci di catturare qualunque sguardo e intanto le sue mani si muovevano velocissime, come animate di vita propria. Ed ecco che d'incanto le carte erano quelle che voleva lui, dove voleva lui. Nella sua qualità di baro aveva girato il mondo, e girare il mondo gli piaceva, guadagnandosi la vita sulle lente barche del Mississippi, nelle bettole dei porti, nelle bische di Manhattan e di Pigalle e in certi imprevedibili locali di Zurigo e di Bruxelles.

Pedro, a cinquantaquattro anni non sapeva se essere contento della sua carriera, e quando se lo chiedeva, le risposte erano ancora domande: quale altra vita avrebbe potuto avere? Quanto aveva giocato il caso, quanto la volontà, quanto il talento? E quanto gli errori? E quali? I suoi pensieri si facevano confusi e anche i suoi sentimenti; vi si smarriva dentro come nella casetta degli specchi alla fiera di Barranquilla, e finiva ogni volta col dire fra sé e sé: *è andata così*.

Di una cosa però Pedro era sicuramente contento: di non avere ucciso nessuno. Qualche coltellata, certo, l'aveva data e l'aveva presa, ma niente di più. Non perché non avesse mai desiderato ammazzare, anzi, Pedro era convinto che il mondo sarebbe di certo stato migliore se libero di alcuni suoi occupanti e pensava anche che l'odio ha bisogno di strumenti. Neppure lo frenava il timor di Dio: al contrario era convinto che la Madonna, almeno lei, avrebbe apprezzato il sacrificio di alcuni fottuti bastardi, così come evidentemente gradiva i galli che i suoi compaesani continuavano a sgozzare in chiesa, incuranti degli strepiti del prete.

E quindi, se non aveva ammazzato mai nessuno, era stato solo per non passare in carcere più del tempo strettamente necessario alla sua attività.

In prigione, infatti, Pedro si ammalava di scoramento. Aveva sentito parlare di gente, forse in Africa, che muore se viene arrestata, perché non ha il senso del tempo e, se l'oggi è il sempre, allora la galera diventa l'eternità, passato e presente, e uccide.

Qualcosa del genere succedeva anche a lui: dopo qualche mese di carcere i ricordi sbiadivano e i suoi progetti diventavano evanescenti e incerti come le previsioni del tempo, come il nome di suo padre. Il presente fluttuava in una bolla che lo isolava da se stesso, persino dal suo dolore. Non sapeva spiegare, Pedro, ma non aveva più sangue, più forza per alzarsi dalla branda, nemmeno più voglia di giocare a carte nell'ora d'aria.

Cercava allora di aggrappare il suo cuore a certi momenti di intensa felicità: ai giorni in cui erano nati i suoi figli Ernesto e Manuel, alla mattina di vento in cui aveva comprato la casa di Bogotá e i fogli volavano sul tavolo del notaio, alla notte in cui Consuelo gli aveva detto di sì e lui aveva tredici anni, o anche a quando avevano sgozzato un *gringo* nella piantagione ed era stata festa grande a Barranquilla prima che arrivassero i soldati.

Ci provava Pedro, ma niente più gli sembrava vero, come se fosse stato un sogno, una lunga serie di sogni in una vita non vissuta, consumata per intero sulla branda di una prigione.

Eppure, e Pedro lo sapeva bene, non era per tutti così.

«In galera» gli aveva detto una volta uno zingaro in un carcere di Zagabria «io sto bene: si mangia di sicuro, si dorme al sicuro, c'è la televisione, si gioca a carte e si può fumare: persino bere un po' di vino. Mancano solo le donne, ma in certi paesi in carcere puoi avere anche quelle.»

Come poteva parlare così proprio uno zingaro, si era chiesto Pedro, e un giorno, alcuni anni dopo, aveva rivolto questa domanda a un detenuto politico che aveva incontrato in un carcere italiano e per il quale aveva quasi subito provato – lui che non si fidava di nessuno – un affetto e una stima senza condizioni.

«Per tenere duro bisogna essere molto poveri o molto motivati» aveva risposto Michele. «Se sei veramente povero, sei già abituato all'annientamento, anche fuori, e non fai la differenza, non più di tanto; se sei molto motivato è più difficile che riescano ad annientarti. Non sai che cosa vuol dire motivato?» aveva aggiunto di fronte all'espressione perplessa di Pedro. «Vuol dire avere delle buone ragioni, qualcosa di così importante, come un bene prezioso, qui dentro, da accettare anche la prigione per difenderlo e conservarlo; qualche volta anche la morte. Forse il tuo zingaro era molto povero.»

«Forse tu sei molto motivato...»

«E forse tu non sei né l'uno né l'altro» aveva concluso Michele offrendogli una sigaretta; avevano fumato in silenzio sdraiati sulle loro brande per qualche minuto.

«Miguel,» aveva poi detto l'indio «recuerda che in qualunque momento de tu vida potrai contare su di me, por lo que puedo.»

E le parole in italiano erano fortemente accentate, come se fossero le più importanti.

«Gracias Pedro, y tú también recuerda siempre que es lo mismo para mi.»

In carcere qualche volta le parole hanno un peso diverso.

Pochi mesi dopo l'indio aveva lasciato Volterra, la sua fortezza e Michele; come ogni volta lasciando una prigione, aveva chiuso per un attimo gli occhi sentendo il portone chiudersi alle sue spalle per aprirli subito dopo, attento alla prima immagine che avrebbe visto: sapeva riconoscere i presagi e questa volta, nella luce cruda di un mattino gelato, era stato un volo radente di uccelli neri a stringergli il cuore.

Erano passati ormai cinque anni e adesso doveva vedersela con Trincalon.

4

Sonia non si decideva a uscire dalla vasca da bagno; nemmeno la prospettiva di una croccante cotoletta, che l'aspettava in frigo, e di un bicchiere di vino rosso riusciva a estrarla da quel tepore.

Ci riuscì il telefono, però. Rispose gocciolante.

«Come stai dottoressa?» Era Ciriello.

«Bene, perché?» chiese.

«Mi ha detto Ninì che hai fatto un bel ruzzolone, oggi.»

«Si, ma non mi sono fatta niente, non ti preoccupare.»

«Nessun dolore?»

«Sto benissimo, davvero Pasquale, sei in commissariato?»

«Sì, è tutto tranquillo, salvo le solite proteste per i ristoranti che fanno casino e il salumiere pisano...»

«... perché gli scrivono ancora *Pisa merda* sulla saracinesca.»

«Come al solito. Be', allora ti saluto.»

«Mi hai telefonato solo per il ruzzolone?»

«Sì, certo, lo sai che sei il mio commissario preferito. Sarà perché porti sempre i fiori in ufficio.»

«Domani avrai rami di oleandro, è quello che offre adesso il mio giardino.»

«E la buganvilla?»

«Anche quella.»
«Mi fa pensare a Napoli.»
«A domani Pasquale, e grazie.»
«Buonanotte.»

Sonia si avvolse in un pareo e riprese possesso della sua casa. Nella grande costruzione colonica in mezzo agli ulivi, che le costava di affitto come il suo vecchio bilocale alla periferia di Milano, ci stava bene e aveva posto per ospitare gli amici quando venivano a trovarla. Era fra Castagneto e Donoratico, nel cuore del suo territorio di competenza. Dalle finestre del primo piano vedeva il mare e, nei giorni tersi, il profilo della Capraia.

Apparecchiò nel patio fuori dalla cucina che si apriva sul giardino, che a sua volta finiva nei campi di ulivi, senza recinzione, creando quegli spazi aperti che a Sonia piacevano tanto. Era ormai quasi buio e l'ora blu, prima delle stelle, era particolarmente dolce in quell'angolo di Toscana, o almeno così a Sonia pareva.

Stava bene lì e quando le chiedevano se non era troppo sola, se non le mancava un compagno, non si sentiva capita. Non le mancava la compagnia di un uomo, ma l'emozione di sentirsi presa da un uomo. Aveva avuto le sue storie e anche un grande amore ma, a trentasei anni, le sembrava che tutto fosse successo troppo in fretta. Comunque non le succedeva da tempo di sentirsi catturata.

Si sedette a tavola, si versò il vino e cominciò a mangiare con gioia, come sempre.

I colpi arrivarono in sequenza rapida, uno polverizzò il bicchiere a trenta centimetri dalle sue mani, gli altri due andarono a vuoto. Sonia si buttò sotto il tavolo dove avrebbero comunque potuto ucciderla con tutta comodità. Ma non ci furono altri colpi.

Rimase immobile, accucciata per terra col cuore che scoppiava, poi sentì il rumore di una macchina che partiva sul sentiero dietro la casa. Si sforzò poco per volta di ragionare: se avessero voluto ucciderla, non avrebbero avuto problemi nemmeno se fosse rimasta sotto al tavolo: era disarmata, vestita di un pareo bianco molto visibile nella penombra del crepuscolo e stava in uno spazio aperto salvo che per una fitta siepe di alloro sulla destra della casa. I colpi non potevano essere partiti che da lì e non potevano essere che un avvertimento. Se avessero voluto ucciderla, sarebbero entrati in giardino perché non avrebbero avuto paura di farsi vedere.

Lasciò passare ancora qualche minuto, poi si alzò rinunciando a cercare i bossoli: era ormai troppo buio, c'erano frammenti di vetro per terra e non se la sentiva di accendere la luce esterna. Li avrebbe presi l'indomani.

Rientrò in casa e sprangò la porta, poi chiuse tutte le finestre del pian terreno e sbarrò le imposte del primo piano. Inutile chiamare Ciriello, lo avrebbe preoccupato per niente. Accese il ventilatore a pale sopra il letto, ingoiò quattordici gocce di tranquillante e si addormentò.

L'indomani mattina dei bossoli nessuna traccia. Sul sentiero non c'era nessuno, salvo un uomo, vestito di nero che si allontanava con il suo cane. «Zar!» lo sentì chiamare e poi un fischio modulato.

Si annunciava una giornata stupenda, l'aria era ancora fresca e Sonia, dopo avere raccolto i fiori, decise di andare a bere il caffè al suo baretto preferito prima di entrare in servizio. Non escludeva di essere in pericolo, ma lei era fatta così: più le situazioni erano difficili e più diventava tranquilla. Si incazzava e si impauriva per le sciocchezze.

Prese il caffè con la brioche e sedette a un tavolino; Serena, la giovane padrona del bar, stava parlando con una ragazza: «Che bel casco, *deh*, e poi così rosso è più allegro».

«È che son cascata dal motorino ieri, son scivolata su qualcosa, era buio e il casco non l'ho più trovato.»

«Certo una bella spesa, povera bimba!»

«E questo è nulla: mi si son rotti anche l'occhiali: m'è partito un pezzo di lente.»

«E lo vedo che hai gli occhiali da sole anche alle sette e mezza del mattino...»

Sonia si era avvicinata al bancone e, quando la ragazza ebbe terminato il suo cappuccino, prese il tovagliolo di carta col quale si era pulita le labbra.

«Carina quella ragazza» disse Sonia a Serena, non appena rimasero sole.

«Giovanna, sì, è una brava bimba,» rispose «fa la commessa nella farmacia, quella che sta vicino alla Conad.»

Un quarto d'ora dopo Sonia entrò in commissariato come una scheggia.

«Primavesi, per piacere rimanga al centralino e gli altri da me in riunione subito.»

Raccontò della ragazza, tirò fuori il tovagliolo di carta e incaricò Antonini di consegnare alla Scientifica casco e tovagliolo oltre al vetro trovato da Giampiccolo, per verificare le impronte.

«Allora non era un bicchiere» commentò l'ispettore rivolto a Sonia con un sorriso disarmante.

«La vedo pignolo, ispettore, è una qualità che non le conoscevo.»

«È vero, sono un uomo sorprendente.»

Nessuno fece caso a quei due: si sapeva che ogni tanto si divertivano a duettare.

Poi il commissario distribuì i compiti per la giornata e alla fine raccontò l'episodio della sera prima.

«Se le cose stanno così» disse Ciriello «e se andiamo avanti, dobbiamo prendere delle precauzioni tutti e soprattutto tu.»

«Va bene, ma non esageriamo,» replicò Sonia «stiamo attenti e basta. In fondo ci hanno dato un avvertimento, che è mafioso e che ci rivela anche la loro identità.»

«E allora!? Che minchia ce ne facciamo?» intervenne Giampiccolo. «Sono d'accordo con Ciriello.»

«Anch'io» l'interruppe Antonini.

«Che cosa vuol dire stare attenti?» continuò l'ispettore con la voce insolitamente nervosa. «Ci hanno dato un avvertimento e allora o molliamo l'indagine o lei dottoressa non può più muoversi da sola e dobbiamo indossare i giubbotti. È lei che comanda qui, ma noi abbiamo il diritto di dirle che ci teniamo moltissimo alla sua pelle, oltre che alla nostra.»

Sonia rimase in silenzio, passandosi la mano fra i capelli e tirandosi gli occhiali sul naso.

«Va bene, ci muoveremo in due e indosseremo i giubbotti; con questo caldo sarà una vera delizia. Però riflettiamo un momento: loro hanno voluto scoraggiarci dal proseguire le indagini, ma non hanno interesse a uccidere dei poliziotti; avrebbero come risultato di essere cercati da ben altri che noi. Saremo controllati, certo, ma non ci faranno la pelle.»

«Ma se sono mafiosi perché non se ne vanno?» si chiese Antonini. «In fondo ormai quello che dovevano fare l'hanno fatto e probabilmente era un regolamento di conti fra di loro.»

«Forse stanno aspettando di sapere se identifichiamo la vittima,» disse Giampiccolo «e anche se abbiamo testimoni.»

Entrò Primavesi e con voce sommessa annunciò che aveva telefonato la signora Francesconi. Lo guardarono tutti incuriositi. Ma l'agente Giuliano Primavesi parlava pochissimo, il minimo indispensabile, sembrava che avesse paura di fare rumore. Era il più giovane del gruppo coi suoi venticinque anni; piccolino, esile, miope, se non poteva stare al computer, dove eccelleva, preferiva rintanarsi al centralino, o verbalizzare denunce, piuttosto che partecipare alle operazioni. Di conseguenza non era ancora bene inserito nella squadra e Sonia lo proteggeva con attenzione materna, protestando quando i colleghi lo chiamavano "insetto".

«E chi è la signora Francesconi?» chiese il commissario con dolcezza.

«È la vicina dell'uomo del cinghiale.»

«Ah, *Madonnasanta*, ancora il Carluccio» gemette Sonia. «Ci vada lei Giampiccolo, con Zanon, che è grande e grosso e gli mette paura.»

5

«Signor Carluccio, lei la deve smettere una buona volta, se no prima o poi ci scappa il morto...»

«O che devo fare io, me lo spiega lei, se i cinghiali vengano nel mi' terreno e mi si mangiano tutto e tiran giù le siepi?»

«Sì, ma lei non ci vede più molto bene e spara regolarmente nel giardino dei Francesconi; l'altra volta ha colpito le sedie a sdraio per fortuna vuote, oggi un colpo è entrato nel loro magazzino... si rende conto?»

«Non è che non ci vedo *deh*, è che quei diavoli si muovan di continuo.»

«No, il diavolo sei te,» intervenne urlando la signora Francesconi, che nel frattempo aveva fatto irruzione nel terreno del Carluccio «che non s'ha più il coraggio di lasciare i bimbi in giardino perché questo rincoglionito gioca al tiro a segno. N'avesse preso uno, dico *uno*, di cinghiale...»

«Signora, la prego si calmi, adesso vediamo di sistemare le cose...»

«Macché sistemare e sistemare, dite sempre così, ma noi si fa'n tempo a andare tutti al camposanto, con le vostre sistemazioni! Quando vede un cinghiale il Carluccio perde la testa e non guarda, che tanto 'un ci vede, ma scarica il fucile e come viene viene!»

«Signor Carluccio, la signora non ha torto, non ci faccia perdere la pazienza; le abbiamo già detto altre volte di fare una recinzione. Allora?»

«Allora me la paga lei la recinzione capace di resistere a un cinghiale, di un terreno come il mio, che co' l'ulivi e tutto so' più di tre ettari?»

«Preferisce andare in prigione?»

«Ma non è successo niente!»

«Non è successo niente?» intervenne Zanon come punto da una tarantola. «El gà sparà in casa di un cristiano, *ciò*, è normale secondo lei?»

«Io ti dico solo una cosa, Carluccio» annunciò solennemente la signora Francesconi «dovesse succedere un'altra volta, io non chiamo più questi qui, che parlano e basta, ma ti mando il mi' marito col fucile da caccia e poi ti si manda te dal norcino a farci i salami. Capito?»

Il Carluccio – che di nome era Carlo e che tutti chiamavano col cognome – aveva una nozione del tutto personale della legalità, come del resto anche la sua vicina. Per questo motivo Ninì ogni volta teneva un breve inutile corso di educazione civica.

«Non siamo nel Far West e per difendere se stesso non può danneggiare gli altri» gli disse anche questa volta. «Se non è sicuro della sua mira, deve recintare, come del resto hanno fatto i Francesconi, o se no, quando vede un cinghiale nella sua proprietà, deve aspettare che l'animale si avvicini alla casa...»

«... bravo lei, se aspetto che si avvicini alla casa, m'ha bell'e che distrutto tutto! Allora tanto vale aspettare che m'entri in casa, e gli apro il frigo, già che ci s'è... *deh.*»

«Senta Carluccio,» riprese con pazienza Giampiccolo «siccome i cinghiali ci sono, ma ci sono anche i Francesconi, non le resta che recintare. Sarà un sacrificio, ma è un sacrificio necessario, mi creda.»

«Intanto adesso ci segua al comando» intervenne inaspettatamente Zanon.

Non spettava all'agente prendere questa decisione. *Ecco l'improvvisa esplosione di audacia dei veri timidi*, pensò con un certo divertimento Giampiccolo e lasciò fare a Gondola.

«Coraggio, signor Carluccio, venga con noi.»

«O che m'arrestate?» chiese improvvisamente impaurito.

«Ma no, andiamo in commissariato per parlare con calma e decidere insieme i tempi e i modi della recinzione. Prenda il suo fucile.»

«Perché, me lo sequestrate?»

«Non possiamo, perché ha un regolare porto d'armi, ma se non troviamo una via d'uscita per far finire le sue sparatorie, possiamo toglierle il porto d'armi e quindi anche il fucile.»

Carluccio a quel punto non aveva compiuto significativi progressi nella sua educazione civica, ma aveva perfettamente compreso di avere perso la partita e che si doveva arrendere e cacciare i soldi per la recinzione.

Annuì e si avviò a prendere il fucile.

Intanto in ufficio Sonia stava pensando a quella cocaina la cui origine rimaneva misteriosa. Dal Venturini ormai non avrebbe saputo niente e forse aveva ragione Pasquale a pensare che non ci fosse collegamento fra quella droga e l'omicidio. Ma allora? Se il giro di trafficanti era a Livorno, non c'era spazio per lei e la storia finiva lì, ma se non fosse stato così? Non avrebbe speso un minuto a cercare i consumatori di erba, anche perché se no avrebbe dovuto perseguitare un centinaio di residenti. Del resto al liceo e all'Università di canne se ne era fatte anche lei – e di sicuro anche Giampiccolo – e chissà quanti altri onesti e stimabili sbirri. Ma la cocaina no, era decisa a non lasciarla passare. Non sapeva bene perché, ma aveva la sensazione che ci fosse un giro anche a Donoratico e a Marina di Castagneto, grazie al turismo, che pure fino a quel momento a Sonia era sembrato di tipo familiare e piccolo borghese. Come mai – per esempio – c'erano tutti quei clienti a comprare dal Venturini quella notte? Anche stranieri. E sulla spiaggia, non dentro una discoteca. La pattuglia li aveva scoperti perché aveva notato un inusuale assembramento di macchine, moto e motorini all'ingresso del bagno "Lido". Primavesi e Zanon avevano deciso di attraversare la spiaggia e di avvicinarsi al buio al gruppo accoccolato sulla sabbia e illuminato dalle pile e così erano stati visti all'ultimo momento. C'era stato un fuggi fuggi, qualcuno si era anche buttato in mare, ma loro erano riusciti a trattenere alcuni giovani e meno giovani – poi rilasciati – e per fortuna anche il Venturini con tutte le sue bustine.

Allora, si disse Sonia, *mettiamo che il traffico di Livorno abbia una base anche qui, magari solo stagionale, e con un giro modesto, dove potrebbe trovarsi? Dovunque*, si rispose, *in qualunque locale o negozio fra Donoratico e Marina di Castagneto.* Inutile anche seguire la pista dei piccoli spacciatori d'erba della zona: il loro mercato era diverso e non ne avrebbe ricavato nulla se non, forse, di allertare i pusher.

Non aveva che una carta in mano: aspettare che il Venturini uscisse, e di sicuro sarebbe avvenuto di lì a qualche giorno, e seguirlo. Sonia era abbastanza sicura che i genitori non lo avrebbero mandato in comunità, come avevano detto; in comunità ci vanno i poveracci, secondo la mentalità di quella gente, al massimo, dopo le vacanze, lo avrebbero spedito in una clinica privata in Svizzera, o magari negli Stati Uniti, a farsi portar via un po' di soldi inutilmente. Una volta fuori, e in zona, Maurizio Venturini avrebbe molto probabilmente ricontattato i suoi fornitori, che potevano anche non essere a Livorno.

Sì, ma intanto? Mettiamo, pensò Sonia, *che il traffico qui ci sia. Aspettando la scarcerazione di quell'imbecille, che cosa si può fare?*

Poi, come al solito, finì per prendere una decisione. Invitò il suo vice a bere un caffè e, una volta seduti, gli disse bello chiaro: «Dovrai lavorare qualche giorno sotto copertura, nel giro dei tossici, Pasquale. È vero che siamo in pochi ma non possiamo stare a guardare». Come immaginava, Ciriello ne fu vivamente contrariato.

«Dovrai mimetizzarti» lo incoraggiò Sonia. «Ci divertiremo a trasformarti in un tossico: costruiamo insieme il personaggio, dài! Non siamo nel Bronx, e tu non sei Serpico, nessuno ti ucciderà.»

«Non è tanto questo, è che... sei sicura che sono capace?» obbiettò Ciriello poco convinto.

«E se no che napoletano sei? E poi non è la prima volta che ti infiltri. Oggi a pranzo dirai a tua moglie che da stasera sarai sotto copertura per qualche giorno. In commissariato racconterò che sei partito per Napoli a risolvere una questione di famiglia urgente. Per qualunque comunicazione Nunzia dovrà chiamare solo me. Coraggio, Pasquale, è importante capire da dove arriva sulle nostre spiagge tutta questa cocaina, o no?»

«Sì, certo è importante. Come no?» borbottò lui.

«Vedrai che saranno pochi giorni. Al massimo fino a domenica, oggi è già mercoledì. *Iamme'va*» concluse Sonia.

«*Ueh*, il napoletano sono io!»

6

Pedro aveva girato tanti paesi e ne conosceva le lingue, la cucina, la valuta e le galere. La vita aveva seguito il suo corso di normale fuorilegge fino al giorno in cui a Parigi, ed erano ormai passati cinque anni, nella sala riservata dietro al ristorante "La cour carrée", si era trovato al tavolo da gioco con l'emiro di Tumbal, Samir ibn Ahmed al Malek. E gli aveva portato via tanti di quei soldi che alla fine della notte l'arabo lo aveva convocato per la settimana successiva nel suo albergo «per parlare di affari», così aveva detto.

Il mondo era davvero cambiato – rifletteva ora Pedro, che a modo suo era cosmopolita – guardando il presidente Hollande che gli sorrideva gioviale dal muro; eccomi qui dopo cinque anni, in una città come Parigi, come Parigi dico, a farmi interrogare da uno sbirro checca, in un distretto di periferia, dopo che in due giorni non sono riuscito a piazzare un chilo di merce.

Aveva visitato tutti i suoi vecchi indirizzi: dal bordello di via Gaspar al centro direzionale La Tourette, dalla segreteria del presidente della Gascoin, al pornoshop di Pigalle, dal circolo del golf di Pétancourt alla redazione di *L'Intransigeant*, oltre che naturalmente alla casa d'aste Roman's. Lo cacciavano tutti come un appestato, eppure lo conoscevano, era roba buona la sua, e in tanti anni mai uno sgarro, mai una fregatura, sapeva che cos'era il commercio, Pedro Hernández, e non si giocava la clientela come un pusher di strada.

Ma perfino Troussard l'aveva respinto: «Sei pazzo, vecchio mio, non son più quei tempi, la coca si compra dal racket, in modo regolare. Allora la polizia ti lascia tranquillo e non trovi bruciato il tuo ristorante. Chissà da dove viene questa roba».

«E capirai, da dove vuoi che venga...»

«Ma come si materializza qui, cerca di capire, questa è merce irregolare, chissà come è entrata... no no, non voglio granc... e ti consiglio di buttare tutto nella Senna e non pensarci più. È troppo pericoloso anche per te. Davvero, vecchio mio, troppo pericoloso. Credimi, la polizia è il minore dei rischi.»

E del suo amico Troussard lui si fidava.

Era dunque finito il libero mercato anche a Parigi, culla della libertà – constatava mestamente Pedro – e la piovra aveva allungato i suoi tentacoli fin sulla sua stramaledetta cocaina.

Quella città era stata per lui una passione pericolosa e questo pericolo Pedro lo aveva annusato, con le sue narici larghe e pelose, fin dalla prima volta. Amava questo immenso agglomerato, dove si sta seduti nelle verande dei caffè, dove tutti ti chiamano "signore", e dove è facile conoscere gente e lavorare, ma sentiva di poterne essere tradito in qualunque momento, come da una donna troppo gentile.

E il momento era venuto due volte, come gli era stato predetto una sera a Kuala Lumpur da una maga di incerta provenienza e moralità: «Farai due incontri disastrosi, tutti e due nella stessa città a distanza di anni l'uno dall'altro».

«Donne?»

«Uomini.»

A quarantotto anni aveva incontrato l'emiro e ora, sei anni dopo, ecco che s'imbatteva nell'ispettore Trincalon, talmente intento a controllare la sua cocaina, che sembrava essersi dimenticato di lui.

Quel luogo in cui si trovava era proprio una stanza di commissariato, pensava Hernández – come se i poliziotti in ogni occasione ti volessero convincere che la vita è opaca, incolore, scomoda, punitiva, esteticamente impresentabile come i loro spazi. Michele avrebbe detto che era una stanza sgangherata. Usava spesso questa parola, l'italiano, e l'indio la prima volta aveva pensato che volesse dire "arrabbiata" perché sapeva che "uscire dai gangheri" vuol dire "arrabbiarsi". Così una volta aveva detto a Michele «non farmi sgangherare» e rideva ancora ricordando la sua faccia.

L'arabo invece, quel pomeriggio di sei anni prima, lo aveva certo ricevuto meglio di Trincalon, in un salone foderato di damasco bianco, nell'appartamento che, con mogli, servi e concubine, occupava al Ritz.

L'indio se lo era trovato davanti, allungato su un divano, con una ragazza seminuda che gli massaggiava i piedi.

«Lei si chiederà» aveva esordito il suo ospite, mentre un cameriere serviva un tè nero come un veleno «lei si chiederà, immagino, perché io l'abbia invitata qui oggi pomeriggio, dopo averla incontrata soltanto una sera, la settimana scorsa.»

Pedro aveva sorriso annuendo: in una settimana l'emiro era certamente riuscito a sapere di lui più di quanto gli potesse servire.

«Ebbene,» aveva continuato l'emiro «la risposta è semplice: una persona della sua qualità non si deve perdere e io intendo offrirle un lavoro che sono sicuro la interesserà.»

Pedro stava a sentire e intanto, coi suoi occhi a fessura, così immobili da sembrare chiusi, lo guardava: la tunica bianca copriva un torace possente e una pancia tonda come un pallone, ma lasciava scoperti due polpacci corti e magri, con poco muscolo, e due piedi piccoli e lisci come tortillas, che giacevano inerti nelle mani della ragazza. Il suo viso molle e gonfio era coperto da una calotta di capelli radi quanto i baffi e la barbetta. Il suo aspetto flemmatico era tradito da due occhi sporgenti in cui di volta in volta si leggeva avidità, ferocia e furberia. Assomigliava – aveva pensato Pedro – a certi spagnoli del suo paese o a certi politici italiani: gente che non cammina e aspetta che la preda gli passi davanti.

Oggi toccava a Pedro? L'indio se ne stava zitto, fissando il suo interlocutore senza espressione: aspettava la proposta. Era l'arabo che doveva esporsi, dato che era stato l'arabo ad averlo invitato. Ma alla fine l'affare fu concluso.

Per sei anni aveva lavorato per Samir, procurando cocaina a tutta Tumbal, trafficando valuta e insomma diventando il faccendiere di fiducia dell'emiro. Aveva però preteso una sia pur limitata autonomia professionale e aveva continuato a barare in giro per il mondo e a spacciare cocaina anche su altri mercati.

Così era diventato un uomo benestante, aveva fatto studiare i figli e si era garantito una vecchiaia tranquilla a Bogotá.

7

Sonia stava per uscire dal suo ufficio per andare a Livorno a comprare il travestimento per Ciriello, quando vide arrivare l'ispettore Giampiccolo, giornale in una mano e caffè nell'altra, che si fermò sulla porta e rimase in silenzio: Sonia in minigonna, scarpe da tennis e una maglietta scollata era una vera delizia.

«Non ha niente da dirmi, o vedermi vestita da donna la sconvolge?»

«Mi sconvolge, sì, chi vuole far piangere commissario?» scherzò Giampiccolo.

«Ma mi faccia il piacere...»

Ci siamo, oggi è odiosa, pensò Ninì, ma fu lo stesso gentile.

«Le ho portato un caffè e *Il Tirreno*. Legga qua.»

Omicidio a Donoratico era il titolo, e il sottotitolo *Ignota l'identità della vittima*, seguivano venti righe di aria fritta.

Sonia posò il giornale con quella sua espressione annoiata tanto antipatica e chiese notizie di Carluccio.

«Lo abbiamo spaventato,» rispose asciutto e scuro il siciliano «e domani va a ordinare la recinzione».

«Bene» e lo congedò con lo sguardo.

«Comandi» e si girò per uscire.

Lei si accorse di avere esagerato: «Scusi Giampiccolo, sono giorni un po' faticosi, non me ne voglia».

«Non gliene voglio.»

Era la solita storia, si angustiò Sonia; più una persona le piaceva, più la trattava male. E conoscerne il motivo non l'aiutava granché.

«Che cosa fa oggi?»

«Sono di pattuglia, poi finisce il mio turno, vado in palestra e dopo non so. Stasera sono di nuovo di turno.»

«In palestra a fare pilates?»

«Sì.»

«Crede che potrei venire con lei?»

«Certo, può provare» Giampiccolo manteneva il tono offeso.

«Cosa serve?»

«Maglietta, pantaloni leggeri, calzini e un asciugamano.»

«Si può fare la doccia lì?»

«Certo.»

«A che ora si va?»

«Le va bene alle due?»

«Benissimo, grazie» e gli fece il più carino dei suoi sorrisi.

Anche Giampiccolo sorrise: non gli era davvero possibile rimanere incazzato davanti a quello sguardo.

Sonia aveva pensato di andare a pranzo con dei suoi amici di Livorno prima che aprissero i negozi nel pomeriggio, ma in fondo preferiva così. Era sicura anche lei che le avrebbe fatto bene andare in palestra, se non altro le avrebbe svuotato il cranio.

E così fu. L'ispettore l'accompagnò alla macchina.

«Strano quell'uomo» disse Sonia sovrappensiero.

«Quale uomo?»

«L'istruttore di arti marziali della palestra.»

«Igor? Perché?»

«Non so, non so perché. Ho l'impressione di averlo già visto. Certo che da queste parti danno dei nomi incredibili.»

«Non è di qui, Igor Rodionov è un russo di Ekaterinburg; vive qui da diversi anni e ha affittato un locale nella palestra di Stefania per fare il suo lavoro...»

«... e che ci fa a Donoratico?»

«Non so come ci sia arrivato, è una specie di guru, si veste sempre di nero, è un uomo molto riservato.»

«Ho una simpatia molto limitata per i guru.»

«Anch'io, diversamente dall'"insetto".»

«Cosa c'entra Primavesi?»

«Fa un corso di karate con Igor, ma poi gli telefona anche per chiedergli che cosa deve mangiare e partecipa a delle riunioni che Rodionov tiene a casa sua.»

«Il *maître à penser* di Donoratico» sogghignò Sonia. «Mai avrei pensato a Primavesi che fa karate e partecipa a una scuola di pensiero.»

«È vero. Però Igor non è antipatico, certo è un uomo del nord e poi i russi sono strani, ma è una brava persona, a parte la sua scellerata passione per la caccia. In palestra ogni tanto parliamo un po' in russo, così mi tengo in esercizio.»

«Ha un passato nel KGB, Giampiccolo?»

«No, mia madre è russa, di Mosca, lei è l'unica che non mi chiama "Ninì" perché mi chiama "Sasha".»

«E come diavolo si sono conosciuti i suoi? Mosca e Ragusa: si fa fatica a immaginare.»

«A un festival della gioventù in Finlandia, così si sono conosciuti e dopo qualche anno sono riusciti a sposarsi.»

«Hanno sempre vissuto a Ragusa?»

«Sì, Valentina Alexandrovna vive in Sicilia da quasi quarant'anni, ma è sempre russa che più russa non si può. Vi capireste lei e mia madre.»

«Perché?»

«Posso parlare liberamente?»

Sonia annuì.

«Perché avete lo stesso carattere imprevedibile e infernale e...»

«E?»

«E siete tutte e due molto affascinanti,» la guardò da sotto in su «ma lo sa che non potrebbe andare a spasso da sola e senza giubbotto» osservò poi vedendola aprire la macchina. «Stia attenta, controlli se la seguono e mi chiami in qualunque momento; terrò il cellulare libero.»

«Grazie, ci vediamo stasera in commissariato.»

«Certo, ci vediamo stasera.»

8

Per la mezz'ora di strada fino a Livorno, cantò a squarciagola vecchie canzoni. Parcheggiò davanti a un negozio specializzato in scherzi, giochi strani, costumi, abbigliamento folk, petardi e fuochi d'artificio. Erano le quattro, ma la porta era ancora chiusa e Sonia decise di aspettare in macchina con l'aria condizionata accesa.

Fu così che dallo specchietto laterale vide fermarsi un'auto nera a una ventina di metri dalla sua, subito dopo l'incrocio, con due uomini a bordo, che non scesero.

Che fare? Non correva rischi, la via era stretta e frequentata, con bar e negozi. Sonia scese dalla macchina, estrasse in modo molto evidente il contrassegno della polizia di Stato e in modo altrettanto evidente si diresse verso quella macchina con passo deciso, così da far capire bene che stava andando da loro. Appena se ne accorse, il conducente fece una veloce retromarcia e si allontanò nella via laterale: era una Range Rover, ma Sonia non fece in tempo a leggere la targa. Tornò alla macchina, la chiuse ed entrò nel negozio; tuttavia il suo buonumore se n'era bello che andato.

«Stiamo organizzando una festa di Ferragosto in costume» disse accentuando per l'occasione la sua cadenza milanese «e cerco un travestimento per mio marito un po' trasgressivo, come dire, anche un po'... da sfattone, non so se mi spiego. Capisce il genere?»

«Capisco perfettamente» rispose la signora coi capelli azzurri che sembrava l'autorevole proprietaria del negozio. «Vediamo un po': cominciamo dalla testa. Ho qui delle parrucche... professionali eh? Questa qua per esempio, rasta, guardi bellina, con due campanellini in fondo alle treccine davanti; che dice, potrebbe andare bene?»

Andava bene; alla parrucca rasta si aggiunsero un paio di pantaloni indiani di cotone rosso scuro, una camicia blu di garza e un paio di infradito di cuoio.

«Se vole, ho anche dei tatuaggi che poi van via con l'alcole e una bella collana col suo simbolo della pace, vede, o un'altra con su scritto *pissendlovve*.»

Che idea ha dei tossici questa qui, pensò Sonia, ma rispose solo: «No, grazie, va bene così».

«Guardi allora codesta borsetta di tela con gli specchietti, appesa dietro di lei, bellina veramente, è originale sa?»

Sonia comprò anche quella.

«E per lei, signora, che le diamo?»

«Come, "che le diamo"?»

«Per la festa, dico, che le diamo?»

«Ah, no, per me ho già provveduto, grazie mille, va bene così.»

Uscì dal negozio divertita al pensiero di Ciriello travestito da Bob Marley; si guardò intorno con grande attenzione, ma di quel fuoristrada scuro non c'era traccia. Nel percorso fino al commissariato, si fermò tre volte alle piazzole di sosta per controllare se era seguita, ma le macchine sfrecciavano via sulla superstrada incuranti di lei. Decise di non parlare a nessuno dell'episodio, nemmeno a Ciriello.

Telefonò a Giampiccolo: «Tutto bene, sto tornando, sarò lì fra un quarto d'ora».

Appena in commissariato, Sonia chiamò Pasquale, che entrò con la faccia ancora più all'ingiù del solito, immaginando che cosa l'aspettava.

«Stasera andiamo con la mia macchina da me a mangiare un boccone, poi organizziamo l'intervento.»

«Ho alternative?»

«Non credo,» rise Sonia e finse di non avere capito «ma guarda che da me si mangia bene!»

A casa, mentre la spigola cuoceva nel forno con le patate e il paté di melanzane si raffreddava in frigorifero insieme a una buona bottiglia, provarono il travestimento e quando Sonia, senza dire una parola, accompagnò Pasquale davanti allo specchio della sua camera da letto, il pover'uomo rimase impietrito e riuscì solo a mormorare «Io uno così l'arresto».

«Certo è imbarazzante: sfido chiunque a riconoscerti.»

La parrucca aderiva perfettamente al cranio – *aveva ragione la fata di Pinocchio*, pensò Sonia, – era una parrucca professionale, gli nascondeva la fronte e modificava radicalmente la sua fisionomia: da malinconica a spiritata. Accennò a qualche passo di danza e Sonia ballò con lui.

Pasquale rifiutò categoricamente solo la borsetta: «Quello no, il sacchetto con gli specchi no». E non ci fu verso di convincerlo.

Pasquale ritornò nei suoi jeans e si sedettero sul letto, a discutere del personaggio.

Concordarono che sarebbe stato un tipo silenzioso, che

veniva da Napoli, doveva bere, anche farsi qualche canna...

«Ti sei mai fatto una canna, Pasquale?»

«Sì, certo, Sonia» rispose come se gli avesse chiesto se era mai andato al cinema.

«Ah.»

«Perché tu no? Siamo un commissariato di drogati, sai. Oltre al famigerato Giampiccolo, anche Gondola.»

«Anche Zanon si faceva le canne?» Sonia era stupefatta.

«No, cara, Zanon si *fa* le canne.»

«Ma dài! Il timido Zanon, l'uomo d'ordine, con la gerarchia nel sangue?»

«Questa informazione è riservata.»

«Ma certo. Dunque dicevamo» proseguì «silenzioso, napoletano, disponibile a bere e fumare, rifiuterai la cocaina per via dei postumi di una malattia al cuore, naturalmente balli e questo so che ti viene bene anche in situazioni normali... sarai etero o omo?»

«Etero, preferirei.»

«Allora farai lo scemo con le ragazze.»

«Anche questo mi verrebbe bene... non ci fosse Nunzia.»

«Sarai in vacanza?»

«Meglio di no, uno così non viene in vacanza qui, e da solo, pensavo di essere di passaggio per qualche giorno, prima di raggiungere in Costa Azzurra la band di cui faccio parte.»

«Ottima idea, e se ti mettono alla prova, ti fai dare una chitarra e li stendi tutti.»

«Li stendo tutti. Dove mi stendo io, invece? Non c'è un buco qui in agosto.»

«Ti ospiteranno due miei amici che vivono oltre Castagneto, verso Sassetta: non mi chiederanno niente, lo so già, e soprattutto non diranno niente, salvo quello che io gli dirò di dire e cioè che sei il fratello un po' sballato di un loro vecchio amico di Napoli e che hai bisogno di fare una convalescenza. Dopo cena ti ci accompagno, ti presteranno una vecchia Panda un po' scassata per andare in giro.»

«E con quella a mezzanotte farò la mia prima comparsa a Donoratico *by night*» concluse rassegnato il vicecommissario. Del resto come si faceva a resistere a Sonia. Lei, come Ninì, avrebbe convinto anche un petroliere a iscriversi a Greenpeace.

«Sii prudente, Pasquale; il mio cellulare sarà acceso e libero tutta la notte.»

«Ceniamo fuori?» chiese Pasquale.

«Meglio di no, secondo te?»

Era una sera incantata e non veniva voglia di stare al chiuso.

«Ma no, non cambia niente e poi oggi non abbiamo fatto niente che li possa allarmare. Potrebbero anche pensare che abbiamo lasciato perdere. E comunque un avvertimento era, e quello già ce lo hanno dato.»

Accesero la luce nel patio, costruirono una barriera di zampironi e portarono la cena in tavola. In questo modo si veniva a creare un'intimità diversa fra di loro, che si poteva ormai chiamare amicizia.

«Lo sapevi che ero stato vicino a Milano a fare il militare?»

«Dove?»

«A Monza. Venivo a Milano in libera uscita, quando avevo i soldi per il treno.»

«E dove andavi?»

«In giro, così, in corso Vittorio Emanuele, qualche volta anche nei centri sociali o sui Navigli, nei parchi... Mi piaceva molto Milano.»

«Sì, è molto bella.»

«Non è solo bella, è affascinante, perché si nasconde e la devi scoprire. Mi ricordo un giorno che sono capitato per caso davanti all'Università Statale e ci sono entrato: una meraviglia, con tutti quei chiostri e i giardini… da rimanere basiti.»

Sonia sorrideva.

«Ma a te, che ci sei nata, non ti manca mai?»

«Un po' di malinconia, qualche volta, ma io qui sto benissimo, mi sento a casa. Certo ho degli amici lì, che però mi vengono a trovare, e i ricordi, quelli me li porto con me. Nei chiostri della Statale, che dici, ci ho studiato e lì ho conosciuto il grande amore della mia vita.»

Ci fu un momento di silenzio, sembrava che Sonia non sapesse più come uscire da quel discorso, o forse da quel ricordo. Ma Pasquale era un uomo discreto.

«E così tu riesci a piantare radici in tutti i posti dove vai?» disse infine.

«No, ma qui forse sì, qui potrei. E tu?»

«Io soprattutto non voglio. Io tengo le mie radici a Napoli e lì devono rimanere. Quando mi resi conto, ed ero un *guaglione*, che non avevo il diritto di stare nella mia città perché ero troppo povero, decisi che un giorno sarei tornato e che tutto il tempo in mezzo sarebbe stato un po'… come dire… un'attesa, un tempo sospeso.»

«Ma dove hai studiato?»

«A Napoli fino alla maturità, facendo lavoretti, soprattutto d'estate. Con la band facevamo anche qualche serata ogni tanto. Poi il militare e poi sono andato a Torino, dove già ci stavano parenti miei e mi sono messo a lavorare con loro. Intanto mi ero iscritto all'Università, e così… piano piano … certo, ci ho messo il suo tempo. Volevo fare l'avvocato, ma poi ho vinto il concorso...»

«Quindi prima o poi torni a Napoli per sempre.»

«Sì, e spero prima della pensione.»

«Ed ecco a voi il questore di Napoli, il dottor Pasquale Ciriello» declamò Sonia. «E tua moglie cosa dice? Lei sembra ormai molto a suo agio qui. Ha un sacco di amiche, si è trovata un lavoro, cucina persino alla toscana...»

«Nunzia è niente, sono i figli che sono proprio toscani, devi sentire come parlano... insomma si vedrà. Intanto me lo fai un caffè, prima di cominciare questa sceneggiata?»

Si congedarono che era notte, davanti alla porta del casolare degli amici di Sonia. Fu spontaneo per tutti e due abbracciarsi stretti come due amici che si devono lasciare.

9

«Allora, questa cocaina» sbuffò ancora una volta il commissario Trincalon, alzando a malincuore lo sguardo dai sacchetti bianchi ammucchiati sulla scrivania «questa cocaina te l'ha portata Papà Natale? È lui che ti organizza il viaggio dalla Colombia e che ti fa passare le dogane? Ti conviene raccontarmi qualcosa d'interessante,» aggiunse dopo una pausa «perché qui, coi precedenti che vedo, si tratta di molti, molti anni di galera...»

«E se parlo?» lo interruppe Pedro.

«Se parli, vediamo.»

«No, vediamo prima.»

Pedro riaffermava così, ancora una volta, la sua freddezza, quella che aveva imparato da bambino camminando al buio, con gli smeraldi nello zaino e i riflettori dei doganieri che frugavano il sentiero. Una freddezza che ormai scattava automaticamente, come una molla, ogni volta che si trovava davanti una divisa.

Gli era venuta un'idea, che in fondo era ancora un barare, ma con le parole. Le carte erano quelle, ma lui poteva forse girarle in suo favore.

«Calmati indio. Guarda che sei stato tu a farti inseguire dai cani come un fagiano per la via Stalingrado con la tua sporca borsa, non io.»

«È vero, capo. Ma se la mia informazione la facesse diventare famoso in ventiquattr'ore, se le facesse ottenere una promozione? Se fosse qualcosa da Interpol, da prime pagine sui quotidiani, lei potrebbe chiudere un occhio, o anche due, su un chilo di talco, no?»

«E come?» si tradì Trincalon. «Non siamo in Italia, qui non si fanno sconti ai pentiti.»

«Non si tratta di pentimento; col mio aiuto lei potrebbe chiudere un'indagine internazionale, risolvere un caso maledettamente importante.»

«E tu non c'entri in questo caso "maledettamente importante"?»

«No.»

«E chi mi garantisce che la notizia sia vera?»

«Io. Lei non ha forse in mano la mia cocaina e la dichiarazione dei suoi agenti? E a me, piuttosto, chi mi garantisce che poi me ne possa andare?»

«Io.»

«Con tutto il rispetto, non è abbastanza, per me.»

«Non mi pare che tu abbia altra scelta.»

«Sì che ce l'ho,» concluse tranquillamente Pedro estraendo la sua carta falsa «lei consuma abitualmente cocaina.»

Pedro Hernández non aveva mai incontrato prima il commissario Trincalon, detto "Minnie", e si augurava di non incontrarlo mai più, ma gli era bastato vedere come soppesava e fiutava i suoi sacchetti e come ci girava intorno per capire che non si trattava solo di interesse professionale. E poi perché diavolo, dopo aver visto la merce sul tavolo, aveva mandato via l'agente che avrebbe dovuto verbalizzare? E infine lo sguardo, lo sguardo di Trincalon dietro le lenti scure era inconfondibile, per Pedro Hernández Santilla era già di per sé una confessione.

Il cranio pelato e le guance rosa dell'ispettore si coprirono di sudore, le sue mani tremavano e la sua voce suonò stridula e concitata: «Ma come ti permetti lurido figlio di puttana? Vuoi proprio peggiorare la tua situazione, sporco indio che non sei altro».

Era il momento del bluff: «Faccia come crede, ma io le prove le ho e le userò. Spaccio da molti anni e non è un mestiere che si fa senza avere informazioni».

«Ah sì? E allora se le hai, come dici, brutto bastardo, non si vede come ti debba affaticare a fornirmi notizie da Interpol quando basterebbe un banale ricatto.»

«Nel momento in cui lei non mantiene la sua parola e io la denuncio, signor commissario, il mio caso sarebbe affidato a un altro e io mi ritroverei nei guai. Il mio obbiettivo non è mandare in galera lei, ma non andarci io. E quindi la mia denuncia è l'ultima carta che giocherò, se lei non rispetterà i patti, per rovinare lei insieme a me.»

Per un momento i due gentiluomini considerarono le rispettive posizioni.

«Va bene, d'accordo» concluse Trincalon.

«Va bene che cosa?»

«Dichiarerai a verbale che sei diventato un confidente nella rete dello spaccio.»

«E questo non mi creerà dei guai con il racket?»

«Dichiarerai che sei un infiltrato del nucleo antidroga, non nel nostro distretto, e comunque nessuno guarderà mai il fascicolo perché io lo farò sparire insieme alla cocaina.»

Pedro sogghignò: non aveva sbagliato.

«In quanto a te, è meglio che ti togli di mezzo per un po'. Facciamo un verbale formalmente regolare per non insospettire gli agenti,» concluse «poi me la vedo io.»

«Sì?»

«Sì, lurido figlio di una puttana india, ma adesso tira fuori la tua fottuta informazione.»

«Prima il verbale.»

Trincalon si sedette davanti al computer e, con la pancia appoggiata alla tastiera, scrisse il verbale che, dopo il commissario, anche l'indio firmò con tre svolazzi intorno al suo lungo nome. Poi disse tutto quello che doveva dire.

«Farò finta di credere che tu non c'entri per niente in questa storia.»

«Che ci creda o no mi è del tutto indifferente, ma non c'entro.»

Uscì nell'aria della sera, senza cocaina e senza soldi, ma libero e con una speranza in tasca. Sapeva di rischiare la pelle per quello che aveva detto, ma se fosse andato in carcere ancora, e questa volta per molto tempo, sarebbe morto comunque. Ne era sicuro.

Adesso doveva chiedere aiuto a Troussard.

Entrò nel ristorante mentre il suo amico stava chiudendo i conti.

«E allora?»

Davanti a un vassoio di formaggi e a una bottiglia di vino, Pedro gli raccontò tutto.

«Ti è andata di lusso, vecchio mio, credi a me» concluse il francese. «Vuoi andare a casa mia a Cassis, per un po'? Li starai tranquillo.»

«No grazie, Maurice, vorrei chiederti aiuto per andare in Italia. Devo vedere una persona, prima di tornare a casa.»

«Sei sicuro?»

«Sì, credo che sia la cosa migliore; è ora di cambiare vita e ho voglia di tornare a Bogotá.»

«Allora questo è un addio, Pedro?»

«Credo proprio di sì.» Ci fu silenzio.

«Vai col treno, vero?»

«Sì, in treno non c'è registrazione.»

Troussard aprì la cassa e gli diede dei soldi.

«Sono troppi, in Italia c'è il mio amico...»

«... anche io sono tuo amico e tu devi comprarti un bel vestito, delle scarpe e una valigia elegante, se vuoi viaggiare sui treni di lusso. E ti conviene: come sempre, più c'è ricchezza meno c'è controllo.»

«Hai anche...»

«... macché, mi dispiace, neanche un grammo, fino a domani sera non mi arriva niente.»

«Non importa, in Italia conosco qualcuno che mi può dare qualche dose; grazie Maurice, ti restituisco tutto da Bogotá.»

«Non ti preoccupare.»

Si abbracciarono.

«Buona fortuna Pedro.»

«Buena suerte Maurice.»

10

La mattina di giovedì, Sonia fu accolta dall'agente Lussu, un giovane sardo, piccolo, coi capelli a cespuglio e gli occhi scuri in un viso eternamente pallido.

«Lussu, che bella sorpresa! Noi la aspettavamo lunedì prossimo; ma nemmeno in vacanza ha preso un po' di sole?»

«No dottoressa, nel bosco di sugheri stavo.» Sonia preferì non indagare sulle attività di Carmine Lussu in mezzo ai sugheri. Ma fu lui a confidarsi: «Con gli amici militari della "Brigata Sassari" facevamo tiro di precisione».

Certo, come non pensarci, Lussu era militarista *dentro.* Insieme a una bottiglia di mirto, l'agente le diede anche la notizia del giorno.

«Dottoressa, ha telefonato il questore.»

«Ah, bene, grazie, ma adesso mi chiami gli altri, tutti» rispose, mentre telefonava al bar.

«Manca solo Ciriello» osservò l'agente.

«Lo so.»

«Andiamo nella stanza di Giampiccolo» disse appena li vide entrare in fila indiana.

«E come mai?» osservò Antonini. «Da Ninì si è anche rotto il ventilatore.»

«Ho deciso così e per una volta non ve lo spiego» borbottò.

Intanto arrivò il ragazzo del bar con un grande vassoio.

«Festeggiamo il ritorno di Carmine» disse Sonia.

Si sedettero intorno alla scrivania dove poche carte stavano allineate in bell'ordine accanto alla foto balneare di un gruppo di ragazze.

Su quel tavolo lindo fu appoggiato il vassoio con caffè, latte, zucchero, brioches, sfogliate e schiaccine. Dopo qualche minuto quello spazio era irriconoscibile e Giampiccolo uno straccio: lui nel disordine appiccicoso e unto non ci poteva stare.

Sonia comunicò per prima cosa la partenza di Ciriello.

«È a Napoli per motivi di famiglia.»

«Proprio adesso!» esclamò Antonini costernato.

«Proprio adesso, sì.»

«È successo qualcosa di grave?» chiese Zanon.

«No, no, questioni burocratiche urgenti.»

«Quanto starà via?» domandò Primavesi.

«Qualche giorno, ci farà sapere con più precisione domani. Ha chiesto di non chiamarlo, sarà molto occupato e preferisce così» chiuse il discorso Sonia. «Adesso qualcuno dovrebbe stare al centralino; vuole andare lei Lussu? Stiamo aspettando comunicazioni dalla Scientifica e dalla Medicina legale. Poi la metteremo al corrente di tutto quello che sta succedendo qui.»

«L'ispettore Giampiccolo già mi ha detto molte cose, dottoressa.» Poi le ricordò: «Ha chiamato il questore».

«Ah, già, maledizione» e fece il numero dalla scrivania di Ninì, inserendo il viva voce.

L'agente Lussu stava per uscire dalla stanza, ma Sonia lo fermò: «No, resti anche lei Lussu, per il tempo della telefonata».

Dopo un paio di centraliniste e segretarie semiaddormentate, si udì la voce gioviale del questore: «Dottoressa Castelbarco, ho letto di voi sul giornale ieri mattina, mi ha fatto piacere, ho visto che non ha rilasciato dichiarazioni e la ringrazio. È un'indagine difficile...».

«... per ora non è nemmeno ancora un'indagine, signor questore, non sappiamo neanche se riusciremo a identificare la vittima, ma se diventerà un'indagine sarà certo difficile e a questo proposito ci terrei a dirle che, se lo ritiene opportuno, non ho alcuna difficoltà a trasmetterle subito il fascicolo a Livorno.»

«E perché mai? Ho la massima fiducia in lei e nei suoi collaboratori e poi conosco la sua passione investigativa! Mi tenga al corrente degli sviluppi.»

«Certo.»

«Allora buon lavoro a tutti voi.»

«Grazie, buongiorno.»

«Vederci sul giornale lo esalta; lo fa sentire importante e allora parla persino italiano» osservò Giampiccolo.

«Non sia così severo, Cesaroni è un po' snob e gli piacciono le persone importanti, ma in fondo è un bravo tipo, un po' sentimentale» commentò il commissario.

«E poi» aggiunse Antonini «ci lascia un'indagine che qualunque questore si sarebbe preso.»

«Adesso aspettiamo le comunicazioni della Scientifica» riprese il commissario «e della Medicina legale. Giampiccolo, decida lei le pattuglie, i turni, e così via, che andranno modificati dato che non c'è Ciriello e che Lussu per fortuna nostra è tornato in anticipo dalle sue vacanze.»

Uscirono tutti, salvo Ninì che disse: «Ho la netta impressione che Pasquale sia...» Sonia gli fece imperiosamente cenno di abbassare la voce «... infiltrato» bisbigliò l'ispettore all'orecchio del suo commissario. «Se non vuole parlarmene, naturalmente mi sta bene, ma vorrei che sapesse che sono a sua disposizione in qualunque momento, almeno fino a domenica. Ma perché sussurriamo?»

«È vero, è sotto copertura» mormorò il commissario «e ne possiamo parlare, ma non qui. Ho l'impressione, niente più che un'impressione, di essere spiata, che qualcuno ci controlli. Forse è paranoia, ma non credo, e ho imparato a fidarmi delle mie sensazioni...»

«Ha dei sospetti?»

«No, davvero.»

«Che cosa direbbe la sua analista di Milano?» scherzò Giampiccolo, anche se in fondo era preoccupato.

Andarono insieme al bar vicino al commissariato e Sonia raccontò tutto a Ninì, in fondo sollevata di non sentirsi sola in quell'avventura.

«Perché non l'ha proposto a me?» fu l'improvvisa e inattesa domanda dell'ispettore.

«Perché volevo che lei mi rimanesse vicino» fu l'improvvisa e inattesa risposta del commissario.

«Ma è vero? Ci devo credere?» e si fece molto serio.

«Certo, come no,» balbettò Sonia sottraendosi al suo sguardo «lo sanno tutti che lei è il collega con cui lavoro meglio.»

«Sonia... Sonia... guardami.»

«Per carità, Ninì,» lo implorò «fermiamoci qui; quello che non ci siamo detti è chiaro a tutti e due ed è chiaro a tutti e due che non dobbiamo dirlo.»

«All'idea che ti succeda qualcosa perdo la testa. Io invece *voglio* parlare di noi due.»

«Siamo compagni di lavoro, dài, e ho anche quattro anni più di te.»

«Quest'ultima che hai detto è una minchiata autodifensiva.»

«Hai ragione.»

Stettero in silenzio, poi Giampiccolo disse: «È fantastico sentirti dire "Ninì"».

Sonia arrossì sotto l'abbronzatura e le lentiggini e allora lui prese tutto il coraggio che aveva e cambiò discorso.

«Certo che io, Pasquale vestito da sballato giamaicano, lo voglio proprio vedere, me lo prometti?»

«Promesso.» Si alzarono e Sonia gli rivolse uno sguardo riconoscente.

A metà mattina arrivò la telefonata dell'Istituto di medicina legale di Livorno e Lussu la passò nell'ufficio di Sonia.

«Dottoressa, le farò avere il documento firmato entro un paio di giorni, ma volevo già dirle che la vittima ha ricevuto una ferita da arma da taglio al cuore, mortale. Non ci sono tracce di resistenza. Non ci sono tracce né impronte significative, ma l'aggressore era sicuramente mancino. La vittima però non è morta per la coltellata, ma per una ragguardevole dose di cianuro.»

«A che ora è stato aggredito?»

«È morto fra l'una e le tre della notte fra lunedì e martedì; deve avere ingerito il veleno quando ha visto i suoi aggressori.»

«La ringrazio molto dottor Antonazzi. Le farò avere disposizioni per la rimozione del corpo.»

«Possiamo tenerlo in obitorio, è a disposizione vostra o dell'autorità giudiziaria.»

«Grazie ancora e buona giornata.»

«Buona giornata a lei.»

Qualcosa c'era: l'ora, l'aggressore mancino, la coltellata al cuore e il cianuro. E il casco della ragazza.

Andò nell'ufficio di Ninì, ma non c'era. Chiese a Lussu.

«L'ho visto uscire dieci minuti fa, in tuta, credo che andasse a correre, ma ha detto che sarebbe tornato subito.»

Sonia lo chiamò sul cellulare e sentì una voce ansante.

«Ninì?»

«Sì, cosa c'è?»

«Ho la risposta dell'autopsia, quando torni ne parliamo. Ma non fa un po' caldo per correre alle undici del mattino?»

«Dovevo schiarirmi le idee e la mia coscienza. Non c'è niente di meglio che correre. Arrivo subito.»

Insieme a Giampiccolo arrivò anche, puntuale come sempre, la telefonata della Scientifica. Sonia inserì il viva voce.

«Dottoressa Castelbarco, ho il numero del telaio. Abbiamo già fatto noi la ricerca e l'auto è una Opel Corsa di proprietà di un'agenzia di noleggio, la Hertz di Livorno.»

«Li avete chiamati?»

«No, ma ho il numero e l'indirizzo.»

«Mi dia il telefono, per piacere.»

Sonia lo segnò e intanto chiese: «Ci sono tracce, impronte o altro sull'auto?».

«Nessuna traccia e molte impronte digitali, ciò che è normale in un'auto a noleggio: è stato un miracolo recuperare il numero del telaio; ci abbiamo lavorato su per un bel po'.»

«Grazie dottor Vitale...»

«Aspetti dottoressa, il dottor Antonini mi aveva portato anche un casco, un tovagliolo di carta e un vetrino...»

«Ah, è vero!»

«Sui tre oggetti ci sono le stesse impronte.»

«Molto bene. Il suo intervento è stato prezioso e veloce, come sempre, grazie davvero.»

«Che ne facciamo del casco?»

«Insieme al tovagliolo e al vetro sono documenti che riguardano una testimonianza, la prego quindi di farceli recapitare. Quando può mandarmi la relazione?»

«Entro lunedì.»

«Grazie ancora e buongiorno.»

«Buongiorno a lei, dottoressa.»

«Primo: telefonare all'agenzia di Livorno.» propose Ninì «Secondo: chiedere alla ragazza del casco di venire a fare quattro chiacchiere.»

«Ma perché accoltellarlo se era già morto per il cianuro?» si chiese Sonia.

«Per essere sicuri che fosse davvero morto e anche per punirlo dello sgarro» rispose Ninì. «Certo doveva essere terrorizzato se girava col cianuro in tasca. Chiamiamo prima l'agenzia, cosa dici?»

«Agenzia autonoleggio Hertz, buongiorno» rispose una voce femminile giovane e metallica «sono Nicla, in cosa posso esserle utile?»

«Qui è il commissariato di pubblica sicurezza di Donoratico-Castagneto Carducci, vorrei parlare col titolare.»

«Un attimo, prego.»

«Pronto, sono Beluffi.»

«Buongiorno, sono Sonia Castelbarco, commissario di polizia di Donoratico-Castagneto Carducci; la chiamo per sapere se è vostra una Opel Corsa…»

«Sì!, la si aspettava a Roma per martedì in giornata: che è successo? S'era deciso di temporeggiare fino a domattina, poi ci si sarebbe messi in contatto con il garante.»

«Con il garante?»

«Sì, perché il signor... ecco che ho qui la pratica, il signor Hernández ha preso la vettura ma, non disponendo di carta di credito, si è presentato con un suo amico italiano che ha dato la sua carta a garanzia, come si fa sempre. Ma che mi dice dell'auto?»

«Purtroppo ha avuto un incidente ed è bruciata.»

«Maremma...»

«... e il conducente è morto.»

«Che disgrazia, mi dispiace, ma com'è successo?»

«Stiamo cercando di capire la dinamica dell'incidente. Se vuole, diremo noi al titolare della carta di credito di mettersi in contatto con lei.»

«Eh sì.»

«Mi dia per piacere il nome di questo tale.»

«Michele Rocca, e ho anche il numero di telefono, guardi, e il recapito, perché l'indirizzo dell'Hernández era Bogotá, lei mi capisce...»

«Certo, mi dica.»

«Podere Vignanuova, strada provinciale 216, Castagneto Carducci» e le diede anche il numero di telefono.

«Avrà anche i dati dell'Hernández.»

«Ovvio che ce li ho: fotocopiamo sempre la patente.»

«Me li potrebbe mandare per fax?» E gli diede il numero.

«Certo, le mando subito la copia della patente.»

«Grazie e buona giornata.»

«Allora,» disse Sonia a Ninì «è quasi mezzogiorno, la farmacia è ancora aperta, vado io dalla ragazza e tu cerchi di sapere tutto il possibile e l'impossibile su questo Rocca. Ti va?»

«Non desidero altro.»

«Ci aggiorniamo allora. Chi c'è in commissariato?»

«Ci sono Primavesi, Antonini e Lussu.»

«E Zanon?»

«Aveva tre ore libere ed è andato in vela; ha stabilito che si sta alzando il vento.»

Entrò Lussu, che era di turno al centralino, con il fax della Hertz in mano.

Sonia e Ninì lo guardarono insieme: la vittima si chiamava Pedro Hernández Santilla, era nato in Colombia, a Barranquilla il 10 novembre 1959 e risiedeva a Bogotá. La foto mostrava un indio che fissava l'obiettivo con uno sguardo molto particolare, quasi ipnotico, pensò Giampiccolo, poi disse: «Chiediamo a Fulvio di fare la ricerca su Hernández?».

«No, preferirei che te ne occupassi tu e vorrei anche che tenessimo per noi due le informazioni su Hernández e Rocca, almeno per un po'.»

«Hai sempre quella sensazione di controllo?»

«Sì, noi due siamo allertati e stiamo più attenti, non so chi di noi è spiato e come.»

«Non sarà una tua fantasia conseguente all'aggressione dell'altra sera?»

«Forse sì; ma possiamo tenerci questo segreto almeno per qualche ora, no?»

«Uno in più» sorrise Ninì.

Si salutarono, ma facevano ancora fatica a guardarsi negli occhi.

11

«C'è una ragazza che vuole parlare con lei, commissario.»

«Sarà una denuncia, Lussu, la passi a qualcun altro, io sto uscendo di volata.»

«Ha detto che è urgente, e che solo con lei vuole conferire.»

«Conferiamo allora» sospirò Sonia.

«Come dice commissario?»

«Me la mandi in ufficio, me la mandi pure, ma la avvisi che ho solo cinque minuti e poi devo uscire.»

Bussarono e Sonia vide entrare la proprietaria del casco.

«Buongiorno» disse, senza riuscire a trattenere la sua sorpresa.

«Buongiorno dottoressa.»

«Si accomodi, prego, mi dica il suo nome e che cosa posso fare per lei.»

«Sono Giovanna Corsini e sono venuta qui per dirle che stamattina ho saputo – ne parlavano nella farmacia dove lavoro – che state indagando sull'incidente di lunedì notte in via Accattapane. Dicevano che c'è stato un morto. Volevo dirle che sono passata di lì e ho visto bene che non si trattava di un incidente.»

«Ah no? Mi dica allora che cosa ha visto, ma intanto chiamo un agente a verbalizzare la sua deposizione.»

Entrò Primavesi che si mise al computer.

«Allora cerchi di raccontare con ordine quello che ricorda.»

«Avevo appena imboccato l'Accattapane dall'Aurelia per tornare a Castagneto…»

«… che ora era?»

«Le due e mezza. Sono sicura perché avevo visto ch'eran le due e un quarto quando siamo partiti da Marina di Castagneto, sicché…»

«Diceva dunque?»

«Sì, sull'Accattapane ho visto una macchina grossa scura, credo nera, un fuoristrada, messa di traverso a bloccare il passaggio. Era col motore acceso. C'era anche un'altra macchina chiara, più piccola, ma era a una certa distanza, non si erano scontrate le due auto, di codesto sono sicura. Ho frenato di colpo e male, era anche buio, e sono scivolata nel fosso. *Deh*, che incidente era se le macchine non si sono toccate?»

«Ma l'altra macchina, quella chiara, non era bruciata?»

«Bruciata? Ma nemmen per idea, era a una ventina di metri da quella nera; era intatta e sennò non avrei visto ch'era chiara.»

Logica inoppugnabile.

«Un uomo è venuto subito a tirarmi fuori, me e il motorino.»

«Ha detto qualcosa?»

«Sì, ha detto: "Minchia, una picciotta è!"» rivolto agli altri.

«Quanti erano?»

«Io ne ho visti quattro, mi sembra: uno al volante che è il primo che ho notato, poi quello che mi ha aiutato, e altri due, uno però era per terra e non si muoveva.»

«Dove era quello a terra?

«Vicino alla macchina chiara.»

«Cos'altro ha detto?»

«Prima che ripartissi mi ha detto: "È stato un incidente, ma non preoccuparti, abbiamo già chiamato l'ambulanza e i vigili".»

Io me ne sono andata di furia, avevo paura perché, per essere un incidente, era veramente molto strano. Nessuno stava vicino al ferito e non c'era stato scontro. La macchina nera aveva il motore acceso… o che incidente era?»

«Sarebbe in grado di riconoscere qualcuno?»

«No, solo il braccio dell'uomo che mi ha parlato, quello sì, in faccia non l'ho visto bene perché era buio e anche perché avevo paura di guardarlo.»

«Perché il braccio?»

«Perché aveva le maniche corte e si vedeva un tatuaggio enorme, veramente, impossibile non vederlo, sia quando mi ha tirato su, che quando mi ha rimesso in strada il motorino. E poi… era sicuramente siciliano perché parla come la mi' nonna; anche la mi' nonna mi chiama "picciotta", solo che lei…»

«Lei?»

«Lei è buona!»

«Da dove viene la nonna?

«Da Agrigento.»

«Tu sei nata qui però.» Senza accorgersi Sonia era passata al tu.

«Sì, noi siamo toscani, è che il mi' babbo ha fatto il militare in Sicilia e lì ha conosciuto la mi' mamma.»

«Ah ecco come è andata! Hai dei fratelli, delle sorelle?»

«Un fratellino di dodici anni.»

«E tu quanti anni hai Giovanna?»

«Diciotto, compiuti però, l'ho fatti a giugno, sicché sono maggiorenne» concluse con un certo orgoglio.

«Per caso hai incontrato qualcuno salendo verso Castagneto quella notte, che avrebbe quindi probabilmente potuto vedere quello che hai visto tu?»

«Solo il pulmino del consorzio.»

«Il pulmino del consorzio, a quell'ora?»

«Sì, è strano, ora che ci penso. È strano anche perché Guido c'ha i suoi anni e non ce lo vedo alle du' di notte sull'Accattapane...»

«Hai visto chi era al volante?»

«No.»

«Ma chi è Guido?»

«È l'autista del consorzio, quello che fa tutte le consegne; lo si conosce tutti qui.»

«Sai come si chiama di cognome?»

«Bacci, Guido Bacci.»

«A chi hai parlato di questo tuo incontro notturno?»

«Solo con l'Alessia, la mia amica, e basta.»

«Né coi tuoi genitori, né col tuo ragazzo...»

«No no, perché il mi' ragazzo è fumino e non si sa mai che gli verrebbe in mente di fare e coi miei nemmeno, perché non sapevano che ero andata a Marina per stare con lui fino a quell'ora, in un giorno feriale poi...»

«Perché?»

«Eh, perché l'indomani mi dovevo alzare alle sei e mezza per andare in farmacia!»

«Non dovrai parlare con nessuno di questa storia, Giovanna, ma proprio con nessuno, perché se queste persone, che non abbiamo ancora trovato, vengono a sapere che sei venuta qui, ho proprio paura che passeresti dei guai. In ogni caso questo è il mio numero di cellulare, qualunque cosa succeda, e che vuoi dirmi, chiamami, a qualsiasi ora.»

«Potrebbero eliminarmi, vero?»

«Potrebbero, sì. Ma per ora non ti conoscono e quindi adesso non corri rischi. Ti fidi della tua amica?»

«Sì, di Alessia sì, le ho già detto di non dirlo a nessuno. Noi due abbiamo già tanti segreti e sappiamo tenerli.»

«Immagino. Bene, grazie Giovanna, la tua testimonianza è stata davvero importante, sai, e poi sei stata coraggiosa. Adesso l'agente ti farà firmare il verbale e poi puoi andare, ma bada bene di telefonarmi se noti la minima cosa che ti insospettisce. Mi raccomando. Ah, dimenticavo... abbiamo trovato un casco ieri nel fosso, deve essere il tuo...»

«Sì! È vero che l'ho perduto lì!»

«Sembrava in buone condizioni, è caduto sul morbido.»

«Non l'avevo allacciato.»

«Già. Adesso però non è qui. Ti avviseremo quando potrai venirlo a prendere.»

«Senta... lei non dirà nulla ai miei, vero?»

«No, certo, sei maggiorenne. Se un giorno sarai chiamata a testimoniare a un processo, allora lo sapranno di sicuro, ma sarà passato tanto tempo che non ti sgrideranno più; e poi soprattutto saranno orgogliosi della loro figliola.»

La deposizione del Bacci, che arrivò mezz'ora dopo essere stato convocato, occupò pochi minuti. No, non era lui alla guida del furgone; sì, era andato a letto presto, verso le dieci come al solito; sì, potevano testimoniare sua moglie e sua nuora; no, il figlio no perché faceva il cameriere in un ristorante; non aveva nessuna idea di chi potesse avere preso il furgone;

sì, esisteva un altro mazzo di chiavi che veniva tenuto appeso dietro il bancone del consorzio, con tutte le altre chiavi; no, non aveva notato variazioni nel consumo della benzina, né segni di manomissione sul mezzo.

Era poco collaborativo, il Bacci, e sfuggente, in fondo antipatico, sembrava rispondesse a un'interrogazione scolastica, ma era incensurato, aveva un alibi, il suo aspetto era quello di un sagrestano, più che di un nottambulo: era davvero difficile immaginarlo a spasso alle tre del mattino.

Alle due suonò il cellulare del commissario. Era Ciriello.

«Sonia, mi sono svegliato adesso: tutto bene, ma per ora niente sesso droga e rock and roll. Sembrano feste di Comunione e Liberazione».

Sonia ascoltava in silenzio, mentre usciva dal commissariato e si affacciava sulla strada. Lì poteva parlare più liberamente.

«Possibile? Nessuno si ubriaca, nessuna spinella...?»

«Sì, questo sì, si ubriacano, spinellano, flirtano, si appartano, litigano, insomma le solite cose, ma giri brutti per ora non ne ho visti. E voi?»

«Andiamo avanti, sul fronte dell'omicidio ci sono novità, ma ne parleremo a voce.»

«Hanno commentato la mia partenza?»

«Sì, dimenticavo: in due minuti Giampiccolo ha capito tutto e ho deciso di parlargli.»

«Ci avrei scommesso. Ninì capisce tutto, soprattutto di te. Sei come un libro aperto per lui.»

«Ah sì? Davvero?»

«Ma sì, anche ieri quando mi ha detto che andava sull'Accattapane a *segugiare*, ha bofonchiato "Tanto ci trovo il commissario".»

«Ma va!»

«Comunque hai fatto bene a dirglielo.»

«Ha detto che ti vuole vedere con la parrucca.»

«Farò uno show apposta per lui; per intanto ballo, canto, suono e fumo e mi accorgo che la vita dello sballato è infernale. Sono stanco morto. Non ho più l'età. Ricordati di fare una telefonata a Nunzia. Bene, come dici sempre tu…»

«… dico sempre *bene*?»

«Sì, quando stai per congedare qualcuno, non ti sei mai accorta?»

«No».

«Ci sentiamo, Sonia.»

«Ci sentiamo.»

Le indagini erano due, ma forse davvero avrebbero potuto convergere perché Hernández era probabilmente uno spacciatore e perché Venturini era stato trovato proprio la notte di lunedì quando Hernández era a Castagneto.

Adesso si doveva andare a parlare con questo Rocca, ma voleva andarci con Ninì. Intanto propose a Primavesi di mangiare un panino.

12

Erano seduti nella penombra del bar, fuori picchiava il sole e faceva molto caldo, anche se era salito il vento: aveva avuto ragione Gondola, pensò Sonia, beato lui che adesso era in mare. Prima o poi anche lei avrebbe ricominciato ad andare in vela.

Passò un funerale, lungo la strada, aperto da un prete coi chierichetti, seguito dalla lenta auto nera con la bara e dal corteo dei parenti, degli amici e dei curiosi, tristi e silenziosi nelle prime file, fino a diventare chiacchieroni e rilassati nelle ultime. Si sentiva lo scalpiccio dei passi sulla strada vuota perché il traffico veniva man mano deviato da un vigile.

Due uomini, seduti a un tavolino vicino a Sonia, stavano commentando.

«O chi è morto?»

«O che non lo sai, la moglie del geometra che sta sull'Accattapane, come si chiama… il Fraticelli.»

«La moglie del Fraticelli? Che mi dici?»

«Sì eh. Si sapeva ch'era malata, ma non ci s'aspettava se ne andasse così in due e due quattro.»

«E quando è morta?»

«Martedì mattina all'alba. La mi' moglie mi diceva che il prete l'è arrivato di furia ch'eran quasi le tre del mattino, giusto in tempo per l'estrema unzione. Non aveva già più i sentimenti.»

«*Diobono!* Ma l'era giovane ancora.»

«E l'era giovane sì, non arrivava ai sessanta.»

Sonia ascoltava, rapita da quella parlata toscana, ma Primavesi la interruppe: «Dottoressa, chieda chi è il parroco, se di Donoratico o di Castagneto, e magari anche come si chiama».

«E perché?»

«Perché se il prete è andato sull'Accattapane verso le tre del mattino, può essere che abbia visto qualcosa, forse anche bruciare la macchina.»

«Bravo Giuliano!»

Seppero così dalla barista che era il parroco di Donoratico e verificarono che il percorso più breve che avrebbe dovuto fare l'auto del prete passava effettivamente dal luogo dell'omicidio.

«Più tardi ci andiamo,» disse Sonia «adesso ci sarà la Messa e poi la sepoltura. Se ne riparla... quando se ne riparla, Giuliano?»

«Sono le tre e venti, io credo che alle cinque al massimo sarà tutto finito.»

«Allora andiamo insieme, io e te, alle cinque.»

Entrò un cane, in quel momento nel bar, un setter che riconobbe Primavesi e gli fece un sacco di feste. «Buono, Zar, buono» disse l'agente mentre arrivava il padrone. Sonia lo guardò e l'uomo ricambiò lo sguardo; di colpo si ricompose il ricordo: l'uomo alto, scuro, vestito di nero, il cane Zar, il maestro di karate, guida spirituale di Primavesi. Igor era l'uomo che aveva davanti ed era lo stesso che si trovava sul sentiero di casa sua quella stessa mattina: ecco dove lo aveva visto. Intanto l'agente aveva fatto le presentazioni: «Il maestro Rodionov, il commissario Castelbarco». La mano del russo era fredda come il suo leggero inchino e lo sguardo era penetrante e sereno come si conviene a una guida spirituale.

In caserma Giampiccolo entrò con un po' di fogli nell'ufficio di Sonia, ma prima che parlasse il commissario lo fermò con un gesto della mano, si alzò e insieme andarono nell'ufficio di Ninì.

«Pedro Hernández Santilla era un pregiudicato con condanne per spaccio, truffa (era un baro), esportazione clandestina di capitali e altra robetta, guarda qui, se vuoi» e le mise sul tavolo un fascicolo. «Il Rocca invece è pulito, ma è stato dentro per un'imputazione politica. È uno di sinistra: due anni di carcere preventivo, uscito per scadenza termini, assoluzione perché il fatto non costituisce reato.»

«Che strano» ironizzò il commissario.

«L'imputazione era fiancheggiamento delle brigate rosse.»

«Ma chi è questo tale?»

«Questo tale è un medico di Milano, ha quarantacinque anni, e guarda qua, è anche un bell'uomo.»

Ninì le porse la foto segnaletica e Sonia vide un viso allungato, due occhi scuri tristi e intensi e folti riccioli castani.

«Hai ragione, ha una bella faccia.» A Sonia sembrava d'averlo già visto, ma forse un po' diverso e lo disse a Ninì; poi concluse: «Oggi è una persecuzione, mi pare di avere già visto tutti prima di conoscerli!».

«Comunque è una foto vecchia, saran passati una decina d'anni.»

«Ma che ci fa un medico milanese da queste parti?»

«Vive qui. Ha comprato un uliveto e fa il chirurgo all'ospedale di Livorno. L'avevano messo dentro perché era stato beccato in un appartamento che prestava soccorso a un brigatista. Lui ha sempre dichiarato che non avrebbe mai chiesto il certificato penale a uno con la pancia aperta e che le generalità al suo paziente gliele avrebbero chieste dopo in ospedale, ammesso che ci fosse arrivato vivo.»

«Ma tu mi spieghi...»

«... che cosa? Come mai un tipo così è amico e garante di uno spacciatore colombiano?»

«Sì.» E pensò che era vero, come diceva Pasquale, che lei era un libro aperto per Ninì.

«Non lo so, glielo chiederemo, perché dobbiamo parlarci con questo tizio.»

«Sì, ma con prudenza: andare da Rocca equivale a dichiarare agli assassini che stiamo continuando l'inchiesta, che abbiamo identificato la vittima e che siamo arrivati a uno che la conosceva, tutte cose che loro adesso non sanno. Siamo sicuramente sorvegliati nei nostri movimenti e loro sanno che l'Hernández scendeva da Castagneto quella notte.»

«Sì, hanno paura che identifichiamo la vittima, dato che ormai sanno anche loro, se non altro dal giornale, che l'incendio non è riuscito bene. Forse per questo motivo sperano di trovare i testi per farli fuori. Certo Hernández doveva sapere qualcosa che gli avrebbero estorto prima di ucciderlo, perciò potrebbe essersi suicidato col cianuro. Forse ha lasciato dichiarazioni in giro. E dove potrebbero essere? Per esempio nelle mani di Rocca che è l'unico qui, a quanto sappiamo, che lo conosceva.»

«E che non hanno ancora individuato.»

«Sì, hanno bloccato l'Hernández in fondo all'Accattapane, se avessero identificato Rocca li avrebbero presi insieme prima.»

«Se hanno cercato di incendiare tutto è anche perché ormai lui era morto e speravano di rendere non identificabile la vittima, oltre che di bruciare documenti nascosti da qualche parte nell'auto. Ma se lo hanno ucciso perché sapeva qualcosa e non solo per uno sgarro» continuò il ragionamento Ninì «l'Hernández potrebbe invece avere lasciato a qualcuno dei documenti e potrebbero allora rimanere qui per cercare di intercettarli.»

«Metti che non si siano visti a casa di Rocca...»

«Il che è probabile, perché Hernández certo sapeva di correre dei rischi e non voleva estenderli al suo amico.»

«E poi Rocca è completamente estraneo al loro giro...»

Ragionavano in disordine, come facevano quando erano soli, senza paura di contraddirsi, andando e riandando nei pensieri, annodando e sciogliendo connessioni.

Rimuginarono ancora per un po' finché Sonia disse: «Allora, provvisoria e ovvia conclusione: non possiamo andare a casa di Rocca, perché, sempre che siano ancora qui, equivale ad aprirgli la pista».

«Sì, dobbiamo vederlo altrove, per esempio in ospedale.»

«Buona idea. Adesso è tardi, ci andiamo domattina.»

«No, Sonia, chiediamo se per caso è di turno, cerchiamo di guadagnare tempo.»

«Il dottor Rocca oggi è di turno dalle diciotto alle ventiquattro» comunicò il centralino del reparto chirurgico dell'ospedale di Livorno.

«E alle nove noi due saremo lì, da soli e in borghese, ovviamente.»

Sonia mise al corrente Ninì delle testimonianze della Corsini e del Bacci, dell'imminente visita al parroco e della telefonata di Pasquale.

«Chi ha preso l'auto del Bacci?» si domandò a voce alta Giampiccolo. «O il figlio, che ha preso le chiavi in casa al ritorno dal ristorante per andarci a puttane o uno del consorzio per lo stesso motivo. Non vedo altre possibilità.»

«Mentre io sono dal prete con Primavesi, potresti andare tu con un altro a sentire un po' quelli del consorzio?»

«Certo, vado con Gramsci, che è tutto il giorno che se ne sta chiuso in commissariato.»

«E dài, Ninì, lo sai che ci rimane male: un militarista, ovviamente di destra, che si chiama anche come un capo storico del socialismo. Se poi lo chiami anche Gramsci...»

«Ma Lussu è identico al venerato maestro! Se gli mettiamo gli occhialini, lo arrestano!»

13

La sagrestia si apriva a sinistra dell'altare maggiore.

«È permesso?»

«Avanti, avanti» si sentì dire e poco dopo apparve l'attempato uomo di Dio con la semplice tonaca nera.

Sonia e Giuliano – entrambi in borghese – mostrarono al prete il loro distintivo.

«Accomodatevi, prego.»

«Padre, siamo qui perché crediamo che lunedì notte, andando a dare l'estrema unzione alla signora Fraticelli, lei abbia incontrato delle auto ferme sull'Accattapane.»

«Infatti, di sicuro: ma altro che ferme, gli era successo un bell'incidente, povera gente. Uno stava n'terra ferito, una delle du' auto era bell'e che incendiata e bruciava ch'era una bellezza. I tre òmini ch'ho visto erano tutti intronati e pure forestieri...»

E chi lo fermava più?

«Che cosa vi siete detti?» cercò di capire Sonia.

«Io naturalmente mi sono fermato e ho chiesto se potevo fare qualcosa, che so...»

«E loro?»

«Mi hanno detto ch'avevano di già chiamato l'ambulanza per il ferito e i vigili, sicché potevo andare via tranquillo.»

«Potrebbe riconoscere quelle persone?»

«Nooo, e come potrei, era buio pesto, io non sono neppure uscito dall'auto… ho dovuto fare un po' di acrobazie per passare perché la strada era bloccata, ma loro mi hanno aiutato. Erano gentili, se poi si pensa che dovevano essere sotto *sciocche…*»

Aveva notato segni particolari sul corpo di uno di loro? Non li aveva notati. Ricordava che auto era quella non incendiata? Non lo ricordava. Era forse a motore acceso?

«Non ci ho fatto davvero caso, comunque dovettero spostarla per farmi passare.»

«Che ora era?»

«Dovevan essere passate da poco le due e mezza, perché a quell'ora precisa sono uscito di casa… ma come sta il ferito?»

«Il ferito è morto» disse Sonia.

«Oh, povero figliolo, pace all'anima sua. E gli altri?»

«Quanti erano?»

«Non lo so, ma stanno bene?»

«Sì, stanno bene.»

«E allora, benedetti figlioli, è a loro che dovete chiedere i particolari dell'incidente» sorrise bonario.

Si congedarono in fretta.

«Ma secondo voi c'è o ci fa?» chiese Ninì quando si ritrovarono in ufficio e venne informato del colloquio.

«La faccia da tonto ce l'aveva» disse Primavesi.

«Sì, ce l'aveva,» confermò Sonia «ma che differenza può fare?»

«Così, ero curioso.»

«Stai scrivendo un trattato sul rapporto fra onestà e intelligenza nel clero cattolico?»

«Sai che non è una cattiva idea? Prima però vi racconto la mia spedizione al consorzio.»

«Aspetta Ninì; Primavesi chiami anche gli altri, che facciamo un aggiornamento, e sposti il centralino nella stanza del dottor Giampiccolo.»

Dall'inizio del suo incarico e nella misura del possibile, Sonia aveva cercato di mettere tutti i suoi uomini al corrente dei fatti importanti, con l'intenzione di creare un gruppo affiatato e solidale, dove le qualità degli uni e degli altri si aiutassero a vicenda e tendessero a neutralizzare i difetti di tutti. E possibilmente non viceversa.

Erano ormai quasi le sette quando entrarono Zanon, Lussu, Primavesi e Antonini, e furono informati dei fatti e misfatti della giornata: dall'agenzia Hertz, all'identificazione di Rocca, alla Corsini, a Bacci, al prete, al furgone.

A questo punto prese la parola Giampiccolo e raccontò del consorzio: «Siamo andati io e Lussu, abbiamo parlato col direttore, che era in ufficio e che è stato molto gentile. Gli ho fatto un po' di domande e lui ci ha dato le sue risposte: in teoria tutti possono guidare il furgone, in pratica solo il Bacci che del resto ha uno dei due mazzi di chiavi; non aveva notato niente di strano o di anomalo nel furgone negli ultimi giorni, non aveva alcun sospetto su chi potesse prendere il furgone di notte e gli sembrava molto strano che potesse essere successo; sì, il furgone era facilmente riconoscibile perché era rosso con le insegne del consorzio sulla fiancata e sul portellone posteriore e gli impiegati erano tutte persone tranquille da metterci la mano sul fuoco. Escludeva che qualcuno potesse avere preso le chiavi custodite nel consorzio perché, insieme a tutte le altre chiavi doppie, stavano in un cassetto chiuso a chiave e la chiave del cassetto ce l'aveva lui. No, non era una novità, era una vita che quelle chiavi stavano tutte e sempre nel cassetto. Lui di certo quella notte non aveva preso il furgone perché era ancora in ferie all'Isola d'Elba e alle sei del mattino di martedì, come quasi tutte le mattine, era andato a gettare le nasse per le aragoste e in molti l'avevano visto. Mi ha poi accompagnato all'uscita» concluse Ninì «e ci ha mostrato il cassetto, che era infatti chiuso, lo ha aperto tirando fuori una chiave dal suo mazzo che aveva in tasca e dentro c'era un duplicato delle chiavi del furgone».

«Allora il Bacci ci ha detto una palla,» commentò Sonia «ma perché? Perché allora il furgone l'ha preso suo figlio.»

«Non sembra esserci alternativa» concluse Antonini. «Domani bisognerebbe tornare là a farci due chiacchiere.»

«Sì,» intervenne Lussu «forse ha mentito solo perché non vuole avere grane col consorzio.»

«Forse,» disse Ninì «vale la pena approfondire, però, perché il figlio potrebbe diventare anche lui un teste e quindi essere in pericolo.»

«E del dottor Ciriello si hanno notizie?» chiese Zanon.

«Sì certo, vi saluta tutti molto, gli ho parlato stamattina, torna entro domenica notte.»

«Chi è di turno stasera?» chiese Sonia.

«Io,» rispose Zanon «comunque ci saranno anche gli altri perché guardiamo la partita.»

Gli "altri" erano gli scapoli. Lussu, Zanon e Primavesi vivevano in commissariato: al piano di sopra della palazzina del Comando c'erano tre stanze da letto e un bagno. Lussu e Primavesi occupavano una camera e Zanon stava da solo perché russava. La terza stanza rimaneva libera come foresteria. Degli scapoli, solo Giampiccolo stava per conto suo, a Castagneto, in un minuscolo bilocale con un terrazzino dove si narrava che coltivasse lamponi.

«Bene,» disse Sonia alzandosi «allora buona serata a tutti e tu Ninì mi vieni a prendere a casa fra un'ora? Vorrei tanto farmi una doccia. Era scirocco, vero Zanon?»

«Sì dottoressa, sono andato di bolina stretta e mi son divertito come quan ch'ero bocia al Lido.»

«Appena finisce 'sta buriana, mi invita a fare un giro?»

«Comandi» sorrise Zanon.

«Oh Ninì,» scherzò Antonini «hai levato la foto con le tu' bimbe dell'anno passato! O che ci devi già mettere quelle nuove *deh*?»

«Ma dove sono le mie bimbe? Ma chi le conosce?!» Ninì stava per incazzarsi.

«O che sei ammattito? C'era la loro foto fino a stamani mattina sul tuo tavolo!»

«Minchia, Agonia, ci dovevo mettere la tua di foto, ah?» Ninì si era ormai decisamente incazzato. «Ma che mi frega a me delle bimbe, ma che mi frega a me?»

E uscì dalla stanza sbattendo la porta.

«O che non si sarà ammalato?» si chiese Antonini. «Così non l'ho mai visto.»

«O el s'è malà o stavolta el s'è ciapà una bela cota» concluse Zanon.

14

L'ospedale di Livorno era un vecchio edificio un po' sciupato, ma all'interno sembrava il regno dell'efficienza. Sonia e Ninì arrivarono senza intoppi al reparto chirurgia e l'infermiera che incontrarono in corridoio disse, accennando a una porta a vetri chiusa: «Adesso il dottor Rocca sta operando, ne avrà ancora per un paio d'ore, ma non visita di sera, dovreste tornare domani dopo le quattordici».

«Si tratta di una questione urgente,» disse Sonia «e credo che forse mi riceverà.»

«Se volete aspettare, potete accomodarvi lì,» e indicò una triste fila di sedie di plastica «deciderà poi il dottore. Se no tornate fra un'ora e mezza, un'ora e tre quarti. In ogni caso lo avviserò, dovesse uscire prima. Chi devo dire e di che cosa si tratta?»

«Sono Marta Rossetti e vorrei essere visitata per una sospetta recidiva oncologica.»

Il viso della ragazza si fece serio: «Era stata operata a Livorno?».

«No, a Milano.»

«Ha portato degli esami?»

«Sì. Ho con me delle analisi e dei referti.»

«Andiamo, allora» disse Ninì. «La ringrazio, torniamo più tardi» e, mettendo il braccio intorno alle spalle di Sonia, la spinse verso l'ascensore.

Cenarono in una trattoria a Borgo Cappuccini dove secondo loro, e non solo secondo loro, si mangiava il miglior pesce di Livorno e alle dieci e mezza si ripresentarono in ospedale.

Erano entrambi nervosi.

Il dottor Rocca li aspettava sulla porta dello studio e Sonia si ricordò subito dove l'aveva visto: nel wine bar di Castagneto, dove ogni tanto, lei e lui, unici avventori solitari, andavano a bere un bicchiere e a mangiare i crostini. Era alto, abbronzato, assomigliava molto alla foto, ma i riccioli adesso erano brizzolati.

Anche Rocca guardò Sonia con curiosità: era davvero ammalata la bella ragazza che conosceva i vini?

Si strinsero la mano, si sedettero da una parte e dall'altra della scrivania e il dottore chiese che cosa potesse fare per loro.

I due poliziotti estrassero allora il distintivo e Sonia prese la parola: «Ci scusi il sotterfugio dottor Rocca, ma è nel suo interesse, *anche* nel suo interesse. Sono il commissario di Donoratico e il dottor Giampiccolo è un ispettore. Immagino che lei sappia perché siamo qui».

«Sì, certo e vi ringrazio di non essere venuti a casa,» la sua voce era lenta e pacata «per ora non sono stato individuato dagli assassini di Pedro e sarei contento di continuare a non esserlo. Prendete un caffè? Una bibita?»

«Grazie, non per me.»

«Nemmeno per me, grazie.»

«Dunque siete riusciti a identificare l'auto.»

«Sì, e a questo proposito la Hertz aspetta una sua telefonata.»

«Ah già, certo.»

«Dottor Rocca, voleva bene a Pedro Hernández?»

Il dottore ebbe un'espressione sorpresa, ma Sonia interrogava a modo suo e le domande non erano sempre protocollari.

«Sì.»

«Come vi siete conosciuti?»

«In carcere, ormai diversi anni fa, a Volterra; siamo stati reclusi nella stessa cella per un certo periodo. Certo sarete informati del mio passato detentivo...»

«Non sembra che poteste avere molto in comune.»

«Oh, sa,» rispose il dottore giocherellando con una biro «qualche volta, conoscendosi, si finisce a volersi bene anche da grandi distanze. Poi magari si scopre che Pedro è meno lontano di un collega con cui si lavora tutti i giorni...» Li guardava divertito, come se i due poliziotti fossero alieni ai quali è necessario spiegare i costumi del nostro pianeta.

«Vi siete frequentati in questi anni?»

«No, non l'ho più visto fino all'altro giorno, quando è venuto a trovarmi. Ogni tanto ci sentivamo al telefono, ma solo per salutarci.»

«Che cosa voleva da lei?»

«Che gli dessi una mano a tornare a Bogotá dove vive la sua famiglia. Lei conosce Bogotá?»

«No, perché?»

«Così.»

Sonia si passò le mani fra i capelli e si tirò gli occhiali sul naso.

«E lei gli ha dato una mano garantendo all'agenzia di autonoleggio con la sua carta di credito.»

«Eh già.»

«E dandogli anche dei soldi per tornare a casa?»

«Sì.»

«A quale titolo?»

«A nessun titolo» rispose Rocca. «In carcere ci eravamo promessi di darci una mano, se fosse stato necessario.»

«C'era qualche altra cosa che voleva da lei?»

«Salutarmi, credo, non ci saremmo comunque visti più per molto, molto tempo.»

«Che cosa intendeva fare Hernández dopo averla lasciata?»

«Voleva prendere un volo da Roma per Bogotá martedì sera.»

«Aveva paura di qualcosa? Si sentiva minacciato?»

«Sì certo, aveva molta paura di essere ucciso per quello che aveva rivelato alla polizia francese e pensava che, se fosse riuscito ad arrivare a Roma, allora ce l'avrebbe fatta. Lì aveva degli amici, mi aveva detto, da cui poteva stare e che lo avrebbero poi scortato in aeroporto. Non intendeva tornare più in Europa. Io...»

«Lei?»

«Io avevo cercato di scherzare, chiedendogli che cosa mai poteva capitargli a Castagneto Carducci, ma lui mi aveva risposto molto seriamente che quelli che lo cercavano arrivano dappertutto.»

«Secondo lei chi sono?»

«Killer di mafia.» Dopo un attimo di esitazione riprese: «Per le modalità dell'omicidio, per essere riusciti a identificarlo qui, e perché so che Pedro era uno spacciatore e chi spaccia a certi livelli, deve trattare con la mafia».

«E anche perché Pedro gliel'ha detto.»

«E anche perché Pedro me l'ha detto. Temeva anche di essere interrogato da loro. C'è però una cosa che non riesco a capire: come mai l'hanno ucciso se volevano sapere qualcosa da lui? Se non era solo una vendetta per la soffiata alla polizia di Parigi, ma volevano farlo parlare di altro, allora perché ucciderlo invece di portarlo via?»

«Infatti Hernández si è ucciso prima, quando ha capito con chi aveva a che fare.»

«Ucciso?»

«Gli hanno trovato del cianuro durante l'autopsia.»

Il dottore rimase in silenzio.

«Lei sa che cosa aveva rivelato alla polizia francese?»

«No.»

«Quando vi siete lasciati?»

«Subito prima dell'incidente.»

«Vive solo, lei?» chiese Giampiccolo.

«Sì, perché mi fa questa domanda? Vuole un alibi?» C'era sarcasmo nella sua voce.

«Credo che lei sia in pericolo.»

«E crede che non lo sappia? Comunque,» continuò «io e Pedro ci siamo visti in un posto dove era impossibile identificarmi. Voi da me siete venuti come pazienti e, anche se come è probabile siete stati seguiti fino all'ospedale, nessuno qui dice dove va la gente, con chi parla e perché. No, non credo, almeno per ora, di essere stato identificato; mi sarebbero già venuti a trovare. Comunque se lei dottor Giampiccolo pensa che sono in pericolo, mi vorrebbe dire anche per piacere che cosa dovrei fare?»

Ancora una vena di ironia fredda nella sua voce.

«Le diamo i nostri cellulari,» rispose l'ispettore «ci chiami in qualunque momento lo ritenga opportuno, controlli sempre di non essere seguito e non esca di notte almeno finché questa storia in un modo o in un altro non si conclude.»

«D'accordo.»

«Esistono secondo lei dei documenti di Hernández che caccerebbero nei guai qualcuno?»

«È molto probabile: Pedro era un tipo vendicativo e di cose ne sapeva tante.»

«E questi documenti è sicuro di non averli lei?»

«Sì.»

«Era un confidente della polizia francese?» intervenne Sonia.

«No, assolutamente no, mi ha detto che si è trattato di uno scambio di favori. La polizia francese l'aveva incastrato con la cocaina e lui ha proposto un'informazione in cambio della libertà.»

«Questo scambio è stato la sua condanna a morte.»

«Credo proprio di sì, sia per il tradimento – da certi giri non si esce come da un supermercato – sia per quello che ancora Pedro poteva sapere rispetto a quello che ha detto. Qualche carta di riserva.» Dopo un breve silenzio il dottore disse ancora: «Siete riusciti a mettervi in contatto con la famiglia?».

«Non ancora, la polizia di Bogotá non ha trovato nessuno.»

«Chiamerò io, ho un numero di telefono che Pedro mi ha lasciato proprio per avvisare i suoi se gli fosse successo qualcosa.»

«Dottor Rocca,» disse a questo punto Giampiccolo «se lei fosse identificato da questa gente, farebbero con lei quello che evidentemente non sono riusciti a fare con Hernández, e cioè la sequestrerebbero, cercherebbero di estorcere le informazioni che vogliono e poi la farebbero sparire.»

«Questo è chiaro.»

«Quindi non deve essere identificato e se in qualunque momento lei avesse questo sospetto, deve chiederci immediatamente protezione e noi la facciamo venire in commissariato.»

«Vi ringrazio molto» disse Rocca con espressione stupita.

«Perché si sorprende?» chiese Ninì.

«Non ci sono abituato.»

«Non tutti i poliziotti sono uguali...» sorrise Ninì.

«Lo so, lo so e non tutti i gatti sono grigi. Ma sempre gatti sono» e sorrise anche lui, ma la sua voce si fece dura. «Comunque, a prescindere dalle mie opinioni sulle istituzioni che governano questa repubblica, se posso vi do volentieri una mano e accetterò con sollievo di essere aiutato. Quindi comincio a trasmettervi una mia convinzione e cioè che vogliano fare terra bruciata intorno a Pedro e intorno al suo cadavere.»

«Che cosa vuol dire?»

«Vuol dire che secondo me, prima di lasciare la Toscana, cercheranno di ammazzare tutti quelli che hanno avuto a che fare con l'incidente oltre a quelli che l'hanno incontrato da vivo. Non lasciare testimoni è la prima regola.»

«Certo, ma allora perché non li hanno fatti fuori quella notte?»

«Perché pensavano di rendere non identificabile il corpo e l'auto, il che evidentemente non è successo, altrimenti non sareste qui.»

«Se decidessimo di incontrarci ancora, dottor Rocca, comunicheremo attraverso i cellulari o lei anche da un fisso sicuro.»

«Ci sono testimoni del delitto?»

«Della scena del delitto, sì.»

«Quelle persone secondo me sono a rischio, davvero.»

«Cercheremo di proteggerle» assicurò il commissario.

«Ma il vostro questore vi lascia lavorare contro questa gente? Non se la prende lui un'indagine così importante?»

«Per ora ci dà fiducia» rispose Sonia, poi ebbe un'intuizione. «Lei conosce il questore?»

«Ho avuto questo piacere tanti anni fa,» rispose il dottor Rocca «quando era nella squadra politica della Questura di Milano,» poi continuò la sua provocazione «è solo un uomo d'ordine. E se c'è qualcosa di più pericoloso di un uomo di potere, è proprio un uomo d'ordine.»

«Perché?»

«Perché un uomo di potere è prevedibile.»

Uscendo dall'ospedale stettero bene attenti e fecero alcune manovre con l'auto per capire se erano seguiti. Non erano seguiti.

Sulla strada del ritorno Ninì guidava silenzioso, poi disse: «Non mi piace quell'uomo».

«Come mai? E poi secondo me non è vero.»

«È arrogante; ma voi milanesi siete tutti così? Spocchioso, presuntuoso,» continuò Ninì incazzandosi da solo «con l'aria annoiata e superiore di chi è costretto a perdere tempo con degli imbecilli… *A prescindere dalle mie opinioni sulle istituzioni della repubblica*» e fece il verso a Rocca «e poi: *sempre gatti sono…* ma chi si crede di essere? *Conosce Bogotá?* Come se fosse Piombino. E tu qualche volta gli somigli e sembri la signora snob di Carunchio nel film della Wertmüller. Non potete dire *vaffanculo*, come tutti?»

«Vaffanculo, Giampiccolo.»

«Oh, finalmente; e poi non mi piace come ti guarda, non mi piace affatto come ti guarda.»

«E come mi guarda?»

«Non so, mi fa diventare nervoso!»

«Giampiccolo! Fatti una doccia fredda e non rompere le palle.»

Ma veniva da ridere a tutti e due.

«Comunque,» concluse Ninì «ci voleva dire qualcosa con quella frase sulla imprevedibilità di un uomo d'ordine. Che cosa è secondo lui imprevedibile riguardo al questore?»

«Non lo so, ma anche secondo me ci ha lanciato un avvertimento.»

«Andiamo a bere un bicchiere?»

«Andiamo a bere un bicchiere.»

15

Il dottor Rocca entrò in giardino, parcheggiò l'auto, accese la luce esterna e percorse il breve vialetto che lo separava dalla porta d'ingresso della sua casa. Come mai Lenticchia non gli veniva incontro? Forse era nel bosco sulle tracce di qualche animale. Pensava al colloquio con quei due poliziotti; non erano antipatici, alla fine, e non sembravano prevenuti nei suoi confronti, specialmente lui, l'ispettore. I poliziotti non sono tutti uguali, certo certo, come no, ma ne bastano due a tranciarti una fetta di vita. Bastardi.

Infilò la chiave nella serratura e sentì un lieve rumore in casa, come di una sedia smossa. Capì che non era solo, e anche chi c'era e cosa cercavano.

Fu un attimo: attraversò il giardino di corsa buttandosi poi per terra nell'uliveto; li sentì uscire e parlare a bassa voce: «Dove minchia è?».

«Scappato è?»

«Impossibile.»

Intanto, cercando di non far rumore, Rocca strisciava verso una buca nel terreno dove, quando era tempo, scaricavano il concime; adesso era vuota, per fortuna, e Michele si accucciò lì dentro coprendosi con rami, foglie e terriccio.

Prima gli uomini lo cercarono nel giardino illuminato, poi

entrarono nell'uliveto, dove invece era buio pesto, inciampando e sacramentando.

Li sentì vicinissimi dire: «Non è scappato, non ho sentito rumore di macchina».

«Dobbiamo prenderlo vivo.»

«Torniamo dentro e prima o poi arriverà. O arriverà lui o arriverà la luce e allora subito lo troviamo.»

Rocca non cadde nella trappola e rimase nascosto. Ma appena li sentì allontanarsi, chiamò Giampiccolo e bisbigliò: «Loro sono qui, sono nascosto nel mio campo, mi stanno cercando, fate attenzione».

«Quanti sono?»

«Due o tre.»

Ninì guardò Sonia: «Andiamo, Rocca è stato intercettato e ha visite».

Lasciarono i loro bicchieri e i loro silenzi e salirono in macchina. Entrarono come schegge in commissariato, presero l'auto di servizio, i giubbotti, accesero la sirena e partirono a tutta velocità verso Castagneto.

Non riusciva a pensare, Rocca, aveva solo paura, quella paura che nasce dall'impotenza di fronte all'arbitrio totale, una paura che conosceva bene, che chiude lo stomaco e fa sudare. Era completamente concentrato sui rumori. Sperava solo che Lenticchia fosse lontano e non avesse annusato il suo ritorno. Quanto tempo era passato? Un quarto d'ora? Mezz'ora? E quanto ci mettevano gli sbirri?

Sentiva gli uomini andare e venire nel giardino e poi camminare nell'uliveto, percorrendolo palmo a palmo, in su e in giù. Ogni tanto si allontanavano, ogni tanto si avvicinavano: quanto tempo ci avrebbero messo a trovare la buca?

«Ci deve essere una torcia in quella minchia di casa!» esclamò a un certo punto uno.

«Vai tu.»

«Fai come ti dice, ah.» E Rocca capì che erano tre, ma capì anche che era perduto.

Si sentirono i passi allontanarsi nella ghiaia e dopo una decina di minuti riavvicinarsi con la torcia accesa. Poco dopo, Rocca vide illuminarsi la buca: «Che c'è qui?».

«Una buca è?»

«Metti la luce più vicino, è qui quel *figghiu* di puttana, è qui, ti dico.»

In quel momento il suono della sirena iniziò ad arrivare distintamente.

«Minchia, gli sbirri!»

«L'ho visto, è qui!»

«Scappiamo ti dico, non c'è tempo, non possiamo ammazzarlo e ci vuole un pezzo per tirarlo fuori da lì e portarlo fino alla macchina.»

Si sentirono sbattere le portiere.

«Minchia sono qui!»

La luce si spense e Rocca sentì i passi precipitosi di quei bastardi che si allontanavano nell'uliveto verso la parte posteriore della casa.

«Fermi, polizia!»

Ma non c'era più nessuno. Un'auto partì sgommando nel sentiero dietro la casa.

Rocca uscì dal suo nascondiglio, entrò nel giardino e disse: «Sono scappati quando vi hanno sentiti, erano in tre».

Videro insieme, nello stesso momento, che c'era un setter abbandonato in un'aiuola e Rocca si inginocchiò accanto a lui.

«Mi hanno ucciso Lenticchia, hanno ucciso il mio cane» ma la voce gli morì in gola e l'abbracciò in silenzio.

Sonia e Ninì si allontanarono e dopo qualche minuto il dottore si alzò e fece loro strada.

Dentro era un inferno: lo studio, la camera da letto e il soggiorno erano completamente sottosopra.

«Ma come hanno fatto a trovarmi?» e il dottore aveva le mani fra i capelli. «Prima di uscire ho verificato in ospedale e nessuno stasera ha chiesto informazioni su dove voi stavate andando. E della gente dell'ospedale, di quell'ospedale, io mi fido.»

Aveva gli occhi lucidi, Rocca. Sonia gli si avvicinò e gli sfiorò un braccio: «Mi dispiace tanto per Lenticchia, so che cosa vuol dire, mi dispiace davvero tanto. Ha perso due affetti importanti in così poco tempo».

Rocca la guardò sorpreso, tutto sembrava quella ragazza salvo che uno sbirro.

«E se bevessimo qualcosa?» propose Giampiccolo. «Credo che ci voglia, anche se siamo in servizio.»

«Mi sembra una buona idea; devo avere oltre al vino, del whisky, del porto e della vodka.»

«Una vodka per me, grazie» disse Sonia.

«Anche per me, va benissimo.»

E in mezzo a quel casino si sedettero a bere.

«Riassumiamo,» esordì poi Giampiccolo «cosa sappiamo a questo punto? Primo: adesso siamo sicuri che Hernández sapeva qualcosa che scottava e di cui gli assassini temono che resti una documentazione, sulla quale volevano mettere le mani prima di farlo fuori e di bruciare tutto per non lasciare tracce. E fino a qui ci siamo. Poi sappiamo che l'operazione non è riuscita perché Hernández si è ucciso e l'incendio è stato parziale.»

«A questo punto» continuò Sonia mentre Giampiccolo beveva «morto Hernández, bisognava trovare chi sapeva o aveva quello che lui non aveva potuto dire o dare. Loro credono che abbia consegnato a qualcuno documenti, dichiarazioni o confidenze.»

«Così» proseguì ancora Giampiccolo «si sono messi a caccia della persona che Hernández aveva visto da queste parti, e forse anche di altri chissà dove, che noi non sappiamo. E l'hanno trovata.»

«Qui per ora ci fermiamo perché non sappiamo come l'hanno trovata» concluse Ninì guardando il dottore. «Dove era lei, dottor Rocca, prima di andare in ospedale?»

«Avevo la giornata libera e sono stato a lavorare qui la mattina; nel pomeriggio, dato che si era alzato il vento, sono andato a Livorno a fare un giro in vela, poi da lì sono entrato direttamente in ospedale alle sei.»

«Allora avrebbero potuto tranquillamente venire qui stamattina. Evidentemente l'hanno saputo a un certo punto a partire dal pomeriggio.»

«C'è un'altra cosa che sappiamo, maledizione» disse Sonia. «Se hanno individuato lui, hanno individuato anche Giovanna, il prete e il figlio del Bacci.»

«Sono i testimoni?» si informò Rocca.

«Sì,» confermò Sonia «perché è chiaro che, se l'ospedale non c'entra come dice il dottore, allora vuol dire che in un modo o nell'altro siamo intercettati.»

«Minchia, Sonia, non penserai che la mafia ci metta le cimici in commissariato...»

«Non lo penso, ma quello che non so e che non capisco

non vuol dire che non esista. E credo che ha proprio ragione il dottor Rocca: quelle persone sono in pericolo.»

«Avete comunicato via posta elettronica?» chiese il dottor Rocca.

«No, solo per fax, la fotocopia del passaporto di Hernández, dall'agenzia» rispose Sonia.

«Vi fidate di tutti i vostri colleghi?» chiese ancora il dottore.

«Sui miei uomini, tutti, metto la mano sul fuoco» dichiarò il commissario.

«Quando hanno saputo della mia esistenza?» chiese ancora Rocca.

«Alle diciannove, in riunione, dunque circa sette ore fa,» rispose Sonia. «Sono arrivati qui in tempo per buttare la casa per aria, prima che rientrasse lei.»

«Comunque una cosa ormai è sicura, e avete ragione voi:» riconobbe Giampiccolo «vengono a sapere in tempo quasi reale il procedere della nostra indagine.»

«Cosa stai pensando?»

«La cosa più seria sarebbe dirlo al questore e trasmettere l'indagine a Livorno. Noi siamo bruciati.»

Sonia rimase silenziosa, mentre Rocca la guardava con attenzione; si passò le dita fra i capelli e si tirò gli occhiali sul naso, poi disse: «Mi dispiace un casino mollare adesso, ma credo che tu abbia ragione. Domattina lo avviso e poi trasmettiamo tutto a lui. Intanto però ci sono alcune cose da fare. Dunque Ninì aiutami, e vediamo insieme come procedere. Il dottore deve essere messo sotto protezione. Stanotte verrà a casa mia e anche tu verrai. È d'accordo vero, dottore?».

«Certo e vi ringrazio.»

«Da domani potrebbe fermarsi in commissariato, nella foresteria. Nel frattempo dovremmo chiamare due agenti per intercettare Giovanna Corsini, prima che domattina esca per andare in farmacia e poi per piantonare la sua casa.»

«Altri due» continuò Giampiccolo «dovrebbero andare a fare la stessa cosa con il figlio del Bacci, che però esce sicuramente più tardi perché lavora in un ristorante. Il Bacci figlio però non l'abbiamo ancora sentito, ufficialmente non sappiamo nemmeno che era lui alla guida del furgone: sarebbe bene che ci andasse anche Antonini con gli agenti per sentirlo. E il prete?»

«Il prete crede, o finge di credere, che sia stato un incidente e quindi non penso proprio che corra dei rischi. Se siamo intercettati, hanno intercettato anche questa testimonianza.»

«Come avvisiamo gli agenti?»

«Vi accompagno a casa tua e poi vado io in commissariato a parlare con Antonini, magari in cortile. Preferisco non telefonare» disse Ninì rivolto a Sonia.

«E poi?» chiese Sonia con un filo di voce.

«E poi torno da te» le sorrise Ninì. «Dottor Rocca, se vuole preparare una borsa...» disse Giampiccolo.

«Sì, ma prima devo seppellire Lenticchia, mi dispiace ma non posso lasciarlo lì... così, senza sapere nemmeno quando torno.»

«La aiutiamo» disse Giampiccolo.

Uscirono tutti e tre. Orientarono i fari dell'auto verso il campo di ulivi e i due uomini scavarono la fossa. Poi Michele andò a prendere il suo cane, lo accarezzò e lo depose nella terra. Una volta ricoperto il tumulo, Sonia infilò nella zolla smossa un ramo di oleandro.

«Mi date dieci minuti per la borsa e una doccia?» chiese il

dottore. «Sono stato più di mezz'ora nella buca che di solito ospita il concime.»

A casa di Sonia il dottore e il commissario si sedettero in cucina.

«Mi racconta come mai una persona come lei ha deciso di entrare in polizia?»

«Perché mi appassiona l'attività investigativa e ormai si fa solo in ambiente militare o in polizia. Escludendo la prima soluzione, non restava che la seconda.»

«È contenta?»

«Qui non c'è molto da investigare, di solito,» sorrise Sonia «ma sono contenta di lavorare con questa squadra e sto bene qui. Prima o poi finirò in una Questura e lì forse farò davvero il lavoro che desidero.»

«Ha mai pensato di scrivere gialli?»

«No, li leggo. E lei?»

«Vado a letto la sera e mi metto a immaginarli.»

«La mia analista di Milano...»

«... davvero ha fatto analisi?»

«Sì, perché?»

«Perché anch'io sono stato in analisi. Cosa le diceva la sua analista?»

«Che le persone che hanno molta fantasia devono stare attente, più degli altri a non confondere immaginazione e realtà. Strano però, di solito i medici non vanno in analisi.»

«E i poliziotti sì? Comunque per fortuna che è successo.»

«Quando?»

«Quando sono uscito dal carcere, dopo la morte di mia moglie.»

Sonia lo guardò in silenzio.

«Si era ammalata durante la mia detenzione e non sono uscito in tempo; è in analisi che ho deciso di lasciare Milano e di venire qui.»

«È stata una buona decisione?»

«Una delle migliori della mia vita, comunque» proseguì cambiando discorso «adesso lo stiamo vivendo, un giallo.»

«Sì, e gli investigatori non stanno facendo una gran figura...»

«Aspettiamo di vedere la fine, cosa ne dice?»

«D'accordo» e dopo una pausa proseguì. «A lei non chiedo perché è medico. Non si chiede a un medico perché ha scelto il suo lavoro.»

«Perché?»

«Perché nella medicina c'è sempre una passione.»

«Non sempre, qualche volta è un mestiere di famiglia, qualche volta una promozione sociale...»

«È un mestiere di famiglia?»

«No, per niente» sorrise Rocca. «Perché non mi chiede se non è stata una promozione sociale? Perché è troppo beneducata?»

«No, perché si vede a occhio nudo che se ne frega delle promozioni sociali e poi forse avrebbe fatto scelte diverse nella sua vita. Vuole qualcosa da bere?»

«No grazie, se ha qualcosa da mangiare, invece, non ho cenato, dato che dovevo operare.»

Sonia gli offrì subito un salamino di cinghiale e delle olive, poi preparò gli spaghetti con la bottarga di Ninì, un'omelette alle erbe e dei pomodori in insalata con erba cipollina. Diede a Rocca un cavatappi e una bottiglia di vino.

Rocca sentiva pian piano sciogliersi la paura e il dolore nella dolcezza di quella presenza femminile e nella tranquillità di quella bella casa. Pensava a Pedro, al suo suicidio, ai loro giorni in prigione, e a Lenticchia, al suo calore rassicurante e alle loro corse per la campagna, ma era la nostalgia di Giulia il sentimento dominante in quel momento di fronte a quella donna che sapeva quando stare in silenzio davanti ai suoi pensieri.

«Lei mi sorprende» disse a un certo punto.

«Anche lei.»

«Perché?»

«Perché mi ha chiesto di Bogotá?» chiese girandosi verso di lui con un pomodoro in mano.

«Perché esiste, Bogotá, come quel pomodoro. Spesso per noi, almeno mi sembra, certi posti, certi fatti, certi oggetti sono virtuali più che reali. Sappiamo che esiste Bogotá, e anche la Palestina, ma lo sappiamo e basta. Non siamo più capaci di immaginare e di sentire quanto piuttosto di vedere e di consumare.»

«Insomma era una provocazione?» sorrise Sonia.

«Sì, era una provocazione.»

«Non è stata l'unica: la storia dei gatti grigi ha fatto imbestialire Giampiccolo.»

«Ha ragione, ma sa com'è: ognuno è segnato dalla propria storia.»

Arrivò poi Ninì: «Ma questo è un banchetto!» esclamò entrando in cucina e vedendo quei due seduti a tavola. E si sedette anche lui.

Più tardi furono distribuite lenzuola, asciugamani, acqua minerale e, per chi li voleva, tranquillanti.

Prima di lasciarsi, Ninì prese Sonia fra le braccia e rimasero un momento così, in silenzio.

«Ma che cosa ci è successo, Ninì, eravamo amici, fino a ieri.»

«Fino a ieri controllavo questa attrazione; ma quando ho saputo che ti avevano sparato, mi si è fatto chiaro nella testa, tutto d'un colpo. Mi è sembrato di impazzire,» mormorò con voce soffocata «potevo perderti e mi sembrava che avrei perso me.»

16

«Non se ne parla nemmeno, *deh*, io vado dove mi pare e a me nessuno mi fa nulla, ve lo dico io» Jacopo Bacci quasi gridava di fronte allo sbigottito Antonini.

Il viceispettore, di prima mattina, era andato con Lussu a casa sua, sulla strada di Bolgheri, per parlargli di quella notte, per convincerlo a rimanere a casa e per lasciare poi l'agente a piantonare la villetta.

«Gliel'ho già detto, non sono testimone di nulla, di nulla, io; quella notte non ero sul furgone del consorzio; tornato dal ristorante sono andato a letto stanco morto. Sì! Ci s'ha proprio voglia d'andare a giro di notte dopo aver lavorato fino all'una!»

«Ora mi ascolti per benino, il direttore del consorzio è l'unico a poter disporre del furgone oltre a suo padre e tutti e due non erano su quel mezzo quella notte. O che c'era l'uomo ragno sul furgone? Lei non ha fatto niente di grave, ma se non si lascia proteggere, rischia di brutto. Quella è gente che non scherza. *Diobono* Bacci, resti qui dentro almeno un paio di giorni e lasci che un agente piantoni la su' casa. Dia retta a me!» implorò il viceispettore.

Ma non ci fu niente da fare: Jacopo Bacci non offriva crepe, era resistente come la grande muraglia e l'aspetto più straordinario della faccenda era che anche il padre e la madre erano dalla sua parte.

Era testardo Jacopo Bacci, ma Antonini lo trovava simpatico: la faccia scontrosa da livornese, i capelli ritti per il gel e l'inevitabile orecchino non riuscivano a mascherare l'ingenuità e la luce di uno sguardo quasi ancora infantile.

Solo la moglie, giovanissima e visibilmente gravida, stava in silenzio e sembrava preoccupata. A un certo punto sbottò: «Che tu abbia preso il furgone, codesto non lo so, ma che te tu ritorni ubriaco alle tre del mattino, codesto lo so bene, via. Per cui è meglio tu dica tutto alla polizia, se no si finisce in un mare di guai».

«O che per ubriacarmi avevo bisogno d'un furgone?»

«Già, ma è che in un furgone si fanno cose che in macchina sono più complicate, bello mio. O che non lo sai?»

«A te la gravidanza t'ha picchiato in testa. Al massimo» concesse poi rivolto agli agenti «posso prendere un giorno di ferie e starmene in casa oggi, già che sono stanco morto. Ma di protezioni e controlli non se ne parla nemmeno.»

Alla fine Antonini e Lussu se ne dovettero andare e subito dopo di loro uscirono Guido Bacci per andare al consorzio e la madre, che era infermiera, per il suo giro di iniezioni a domicilio.

Alle nove Sonia chiamò in ufficio Giampiccolo, Antonini, Lussu e Primavesi. Zanon era rimasto a piantonare la casa di Giovanna Corsini, che se ne stava ben chiusa dentro con tutta la famiglia.

Andarono al bar e si sedettero nel retro, intorno al biliardo.

«Ieri sera ti sei perso una partita storica, Giuliano» disse

Lussu mentre si sedevano. «Abbiamo vinto con il tifo contro e giocando bene.»

«Lo so, ho visto la gazzetta» rispose Primavesi.

«Allora,» disse Sonia «siamo qui perché siamo intercettati e tutto quello che diciamo in ufficio arriva, sa Dio come, ai responsabili dell'omicidio. Allora d'ora in poi si parla di questa indagine solo fuori dal commissariato. Facciamo il punto nave: che cosa è successo stanotte al dottor Rocca ormai lo sapete tutti. Lui adesso è ospite del commissariato, dormirà nella foresteria dove si trova in questo momento. Invito tutti alla massima gentilezza nei suoi confronti. La casa di Giovanna Corsini è piantonata da Zanon che si alternerà con Lussu. Primavesi starà al centralino. I Bacci non vogliono protezione e tanto peggio per loro, oggi quel ragazzo resta in casa e da domani lo seguiremo dovunque vada. Di più per lui non possiamo fare. Il nostro "don Abbondio" non corre rischi perché anche gli assassini sanno, come noi, che sostiene la versione dell'incidente. Adesso chiamo il questore per dirgli che siamo intercettati e che quindi passiamo il caso a loro a Livorno. È una proposta di Giampiccolo che condivido. Mi dispiace molto, ma stiamo correndo troppi rischi, non abbiamo abbastanza uomini e siamo in alto mare.»

«E Ciriello cosa dice?» chiese Antonini.

«Oggi non l'ho ancora sentito.»

Fece il numero e impostò il viva voce, come al solito.

«Signor questore sono Castelbarco.»

«Oh dottoressa, come sta?»

«Signor questore...» e lo mise al corrente della situazione.

«Mi pare che stiate facendo un ottimo lavoro, ma non capisco come si siano infiltrati. Avete controllato se ci sono microspie?»

«Sì, non abbiamo trovato niente.»

«Mi dice che Rocca è un medico di Milano, a suo tempo sospettato di fiancheggiamento alle BR. Forse me lo ricordo, devo averlo conosciuto tanti anni fa quando lavoravo alla Questura di Milano: era un giovane estremista, ma una brava persona. Mi raccomando di proteggerlo con la massima attenzione, lui e gli altri testimoni. Non voglio altre vittime in questa storia.»

«Faremo certo il possibile, ma è mia intenzione passare il caso a lei, signor questore. Ho pochi uomini per reggere un'indagine di questo genere che rischia di andare per le lunghe. Ma soprattutto ancora adesso, loro sanno tutto di noi e dei nostri movimenti e noi non sappiamo niente di loro, salvo che sono ancora qui, che stanno cercando qualcosa, che sono siciliani, che uno ha un tatuaggio sul braccio e che uno è mancino. Capirà...»

«Capisco le sue difficoltà, dottoressa, purtroppo non posso distaccare nessuno in questo periodo al suo commissariato, fra Montenero, Castiglioncello e Quercianella, con tutto il turismo che ce sta... però mi dispiace. Ci pensi ancora, tanto io sabato e domenica non sono in ufficio, e se lunedì rimane dell'idea di trasmettermi il fascicolo, andremo avanti noi e spero che ci offrirà la sua competenza e la sua collaborazione.»

«Certo e la ringrazio. Potrei allora venire lunedì mattina con l'incartamento per parlarle a voce?

«Come vuole, l'aspetto allora lunedì alle undici. Ah, volevo dirle che Maurizio Venturini è in libertà provvisoria.»

«Non è certo una sorpresa, e non me ne rallegro.»

«Come mai, considerate le sue opinioni sul carcere...» la provocò il questore.

«Le mie opinioni non cambiano ma, dato che il carcere esiste, vorrei che non ci stessero solo i poveri.»

«Così è la vita, dottoressa.»

«Ci vediamo lunedì, allora, buongiorno.»

Tornarono in ufficio e Sonia andò a vedere al piano di sopra come stava il dottore. Lo trovò sdraiato sul letto, con la porta aperta che leggeva i giornali. Si alzò immediatamente: «Guardi qua dottoressa, a proposito di quanto si diceva la notte scorsa sulla misoginia e di come sia inconscia nella maggioranza degli uomini e anche delle donne… si ricorda?».

«Come no?»

«Ecco, legga come danno questa notizia.»

Le passò un giornale e Sonia lesse a voce alta: «*Libera dall'harem*, era il titolo e il sommarietto: *Per la prima volta nella storia una ragazza inglese viene liberata da un harem: un blitz dell'interpol sconfigge lo sceicco*. Certo, la ragazza è il soggetto passivo, anche della frase: la questione è fra uomini, lo sceicco e i poliziotti».

«E della ragazza non si dice niente. Ma la stragrande maggioranza di chi scrive – e di chi legge – non se ne rende conto: c'è il che cosa, il come e il quando della notizia, ma non il chi.»

«Il peso dell'abitudine, che altri chiamano tradizione… sa com'è.»

«Ma è anche tradizione che le cose cambino. Le cose cambieranno, vedrà.»

«Senta dottor Rocca, perché non…» ma Sonia fu interrotta dal telefono interno: «Dottoressa,» disse Lussu «c'è una signora che vuole assolutamente conferire con lei, dice di conoscerla».

«Come si chiama?»

«Contessa Riva di Valpetrosa» rispose Lussu.

«Riva di Valpetrosa? Mai sentita,» commentò Sonia, ma vide il dottore mettersi le mani nei capelli «comunque scendo subito.»

«La conosce?» chiese.

«No, l'ho visitata una volta in ospedale e mi basta per tutta la vita: è una indimenticabile rompicoglioni.»

«Venga giù con me, magari senza càmice non la riconosce e così mi fa compagnia in ufficio. O preferisce leggere il suo giornale?»

«No, vengo volentieri, vediamo come riesce ad ammorbare lei.»

Scesero insieme, entrarono nell'ufficio di Sonia e Lussu introdusse la signora.

Avrà avuto circa settantacinque anni: tanti capelli bianchi raccolti con grazia e tracce di un'antica bellezza non riuscivano a neutralizzare il suo sguardo imperioso e il suo incedere altero; ne risultava alla fine un'immagine decisamente antipatica.

«Buongiorno, si accomodi» disse il commissario. «Come si chiama e che cosa posso fare per lei?»

Intanto Rocca si era seduto di fianco a Sonia un po' discosto dalla scrivania. La signora lo guardò sospettosa: «E questo giovanotto, tanto per cominciare, chi è?».

«Questo giovanotto è un mio collaboratore e adesso mi dica il suo nome e il motivo della sua visita al commissariato.»

«Sono la contessa Maria Beatrice Riva di Valpetrosa» dichiarò con sussiego «e sono qui per denunciare il mio maniscalco che mi ha ferrato male i cavalli.»

«Signora, credo proprio che non si tratti di un reato, caso mai può rivolgersi a un avvocato per essere indennizzata.»

«Tanto per cominciare sono contessa e poi non sono sicura

che non si tratti di un reato, dato che i miei cavalli han perso la competizione per colpa di quell'idiota.»

«Tanto per cominciare, signora, dal 1946 viviamo in una repubblica che non riconosce i titoli nobiliari nella sua Costituzione e io a questa repubblica ho giurato fedeltà. Secondo poi, che i ferri storti del suo maniscalco non costituiscano un reato glielo dico io ed è il mio mestiere.» E la fissò negli occhi con severità.

«Tanto per cominciare la nobiltà non è una cosa che la si cancella con una legge, cara la mi' figliola. Noi s'è nobili dai tempi di Odoacre, s'immagini un po'. Che diamine» e guardò i due che aveva davanti per registrare l'effetto delle sue parole, ma Sonia e il dottor Rocca erano rimasti impassibili e con lo sguardo assente. «Ma tanto è inutile, siete tutti comunisti, in questo aveva ragione Berlusconi. Lo dicevo io, nemmen più dalla polizia si può andare: comunisti al governo, comunisti in ospedale, comunisti in Comune, comunisti al ristorante, comunista la servitù, comunisti in televisione, si è bell'e che circondati. E ora anche comunisti in commissariato. Ma dov'è il capo qui?» chiese guardandosi intorno.

«Il capo sono io» sorrise serafica Sonia «e sono il commissario Castelbarco.»

«Ah ecco, è proprio lei! E dire che Cesaroni mi aveva parlato così bene di questa dottoressa, consigliandomi di venire qui con fiducia... ah, ma adesso, appena esco di qui, tanto per cominciare gli telefono e glielo dico di come m'ha trattata, ah se glielo dico.»

«Mi fa piacere che il questore di Livorno abbia una buona opinione di me e mi dispiace che lei non la condivida.» E fece per alzarsi e congedarla.

«Eh no, non finisce così, cara la mi' figliola, io sono una cittadina e la polizia è al servizio dei cittadini. Lei mi deve servire: che la legge la conosco anch'io. Tanto per cominciare chi ha scritto il verbale qui?»

«Nessun verbale, signora, non ci sono gli estremi per una denuncia.» Poi per togliersela dalle palle aggiunse: «Se proprio lo desidera può rilasciare una dichiarazione all'agente e firmarla. Rimarrà agli atti» la rassicurò.

L'accompagnò fuori e la consegnò a Lussu con poche parole.

Mentre Rocca e Sonia ancora ridevano e commentavano «*tanto per cominciare* ci hai rotto le palle» e «*tanto per cominciare* me ne fotto di Odoacre», entrò Lussu con la terribile donna dicendo che la contessa pretendeva che il commissario controfirmasse la sua dichiarazione. Sonia scrisse di suo pugno: *visto*, firmò con uno sgorbio, appose anche il primo timbro che le capitò sotto mano e la salutò: «Buona giornata signora Riva». Lei uscì gonfia di indignazione, senza una parola né un gesto.

17

Il sonno di Jacopo Bacci a mezza mattina, in quel caldo giorno di agosto, era agitato e profondo. Le imposte della porta finestra, socchiuse su un terrazzo che si apriva direttamente sul giardino, lasciavano entrare appena un filo di luce. Si svegliò di colpo sentendo un rumore di passi sulle mattonelle del terrazzo: «Anna!» chiamò, ma non udì risposta e lo scalpiccio, del resto, era cessato. Jacopo Bacci bestemmiò e inveì: «Per una volta che sto a casa e recupero sonno, quell'imbecille cosa fa? Si mette a passeggiare sul terrazzo, facendo anche a finta di fare piano!». Si girò poi nel letto cercando la posizione giusta per riaddormentarsi. Era contrariato, eppure aveva voglia di abbracciare sua moglie col pancione. Sentì dei passi in soggiorno e si sedette sul letto.

«Anna, amore, vieni qui.» La porta della camera si aprì di colpo e il ragazzo fece appena in tempo a girarsi che partirono due colpi secchi e precisi alla testa e al cuore.

«Dov'è Giampiccolo?» chiese Sonia al centralino.

«È uscito perché hanno chiamato i vigili per un omicidio sulla Bolgherese.»

In quel momento suonò il cellulare di Sonia.

«Sì?»

«Sonia, hanno ammazzato...»

«... Jacopo Bacci.»

«Eh già. Gli hanno sparato mentre dormiva.»

«Nessuno ha visto niente?»

«I suoi non erano in casa e la moglie era nell'orto e non ha visto né sentito nessuno. Avranno usato il silenziatore.»

«Ninì, intensifichiamo la sorveglianza da Giovanna, mandiamo anche Lussu e teniamo Primavesi qui. Cosa dici?»

«Va bene, ho ancora da fare per una mezz'ora poi torno.»

«Vuoi che venga lì?»

«Non mi sembra il caso, meno ci muoviamo, meglio è; devo dirti una cosa molto urgente.»

Chiuse la comunicazione e si rivolse a Rocca che però aveva già capito cosa era successo.

«Secondo me» disse il dottore «sono nel panico e finiranno per fare un passo falso. Se è manovalanza mafiosa e hanno sbagliato a non prendere Pedro vivo, a lasciare che fosse identificabile e a non sapere quello che volevano sapere, sanno che passeranno dei guai e cercano di rappezzare la situazione, facendo fuori i testimoni e naturalmente cercando di prendere me come surrogato di Pedro. Ma stanno rischiando molto perché ormai gli state dando la caccia e questo è un posto piccolo.»

«La penso anch'io così, ma continuo a chiedermi come fanno a sapere tutto e così in fretta.»

«Anch'io, tuttavia sono convinto che li prenderete prima di lunedì.»

«È una convinzione o un incoraggiamento?»

«Entrambe le cose.»

Il commissario richiamò il questore per annunciargli il secondo omicidio e le sue modalità.

«Ma come è stato possibile?» balbettò il dottor Cesaroni. «Non era in casa?»

«Sono entrati mentre era solo e dormiva. Aveva rifiutato la protezione.»

«Due omicidi in tre giorni, è un vero disastro; sono costernato, dottoressa, gli altri testimoni sono protetti adeguatamente?»

«Sì, certo, gli altri sono sorvegliati giorno e notte.»

«Non voglio assolutamente, dico assolutamente, più vittime in questa storia. Rischia di diventare una mattanza di mafia, in agosto in una località turistica, si rende conto? Ce li avremo tutti addosso: Comune, Provincia, le associazioni alberghiere... si rende conto?»

«Mi rendo conto, sì.»

«Mi tenga al corrente in tempo reale.»

«Sì, signor questore.»

Il commissario abbassò il ricevitore e guardò Rocca.

«Era furibondo?»

«Sì, ma ha anche ragione.»

Il breve silenzio che seguì fu rotto da Rocca che propose: «Ci beviamo un caffè?».

«Buono e gelido?»

«Sì, ma dove?»

«Qui: stamattina a casa ho riempito un thermos e me lo sono portato in questa baracca.»

«Grazie, ma lo prendo solo se non è zuccherato.»

«Non è zuccherato. Problemi di salute o non ti piace?... Possiamo darci del tu?»

«Certo, mi fa piacere, no, proprio non mi piace, non riesco a bere il caffè zuccherato.»

«Anch'io, diventa proprio un'altra cosa: una schifezza. E odio quelli che mi dicono "ma basta che non lo giri". Lo zucchero è come la mafia, si spande dovunque.»

«A che cosa stai pensando Sonia?»

«Alla mafia; conosci uno che si chiama Rodionov?»

«Il maestro di karate russo?»

«Sì.»

«È un guru dei poveri, fa il misterioso e se la tira, ma è un bravo tipo. Un vero russo tradizionale: pensa che a casa ha una parete dedicata alle immagini sacre coi lumini come ce le raccontava Tolstoj.»

«E tu come lo sai?»

«Mi ha chiamato una volta per una colica. Da allora ha deciso che sono il suo medico.»

«Ha famiglia?»

«No, è omosessuale e vive solo, con un setter che appartiene alla stessa cucciolata di Lenticchia.»

«Niente da segnalare, dunque.»

«No, direi proprio di no, se vuoi c'è solo un dettaglio pittoresco: la parete di fronte alle immagini e ai lumini ospita una imponente collezione di armi da fuoco, alcune da caccia che usa regolarmente. Pare che sia un ottimo tiratore, almeno così dice. È un solitario, ma da quel che so è benvoluto in paese e si comporta bene. D'inverno se ne va negli Emirati per un mese, ospite di un funzionario governativo che lo considera un po' il suo guru e che gli offre una vacanza principesca.»

«Allora non è solo il guru dei poveri… Chissà che cosa faceva prima di venire in Italia…»

«Hai davvero il virus dell'investigatore, eh! Non so che cosa abbia fatto nella sua vita, ha ormai più di cinquant'anni, ma per un periodo deve essere stato il guardaspalle di qualcuno, forse anche di quel funzionario arabo che lo adora. Mi deve avere detto qualcosa del genere quando ho visto delle cicatrici sul suo corpo. È un uomo che deve avere molto sofferto.»

Sonia decise che Rodionov era una brava persona e che la sua antipatia non era che un pregiudizio verso i maestri spirituali.

Dopo qualche istante e dopo una breve esitazione Rocca cambiò discorso: «Sonia, oggi avrei un intervento urgente e abbastanza complicato: possono sostituirmi ma vorrei operare io; pensi che potrei andare in ospedale?».

«Scortato in una macchina della polizia, si può fare: il problema è se ho gli uomini per questa operazione. Ne parliamo dopo con Giampiccolo.»

«Ho già avvisato che nei prossimi giorni sarò assente, ma mi hanno chiesto se posso fare solo questo intervento, perché sono l'unico specialista in neurochirurgia in quell'ospedale.»

«Che intervento è?»

«Un tumore al cervello di un bambino.»

Suonò il cellulare di Sonia: «Ciao bello, come va?». La sua voce si fece dolce.

«Tutto bene da me, e da voi?»

«Ne parleremo a voce, non vedo l'ora che torni.»

«Stasera finalmente ho un invito a una festa della *jeunesse dorée* dell'alta Maremma in una villa che ti dirò per festeggiare il ritorno del Venturini. È stato determinante come ballo: le ragazze mi vogliono...!»

«Non sarò gelosa.»

«Tu no, ma Nunzia mi farebbe a pezzi. Se tutto va come deve andare, domattina potremmo fare un'irruzione e prendere un paio di pesciolini. E dopo finalmente mi tolgo questi stracci. A proposito, mi sono comprato altre due camicie e due paia di pantaloni in una bancarella.»

«Quando ci sentiamo allora?»

«Intorno a mezzanotte. Io resterò lì a dormire con gli altri. Se vogliamo prenderli è la mattina presto che dovete venire, quando ancora sono tutti lì addormentati e sparpagliati di qua e di là per la casa.»

«Va bene, d'accordo, ti aspetto stasera e… abbi cura di te.»

Rocca all'inizio della telefonata si era alzato per allontanarsi, ma Sonia lo aveva fermato con un gesto della mano e lui era rimasto.

«Allora ce l'hai un fidanzato!» esclamò quando Sonia chiuse il cellulare.

«Un fidanzato?! No no, non è un fidanzato… proprio no, è un collega, molto caro, ma un collega. Lo conoscerai anche tu fra qualche giorno, adesso è in licenza.»

«A me piacerebbe conoscere Sonia.»

«Anche a me piacerebbe conoscere Michele» e sorrise.

«Ci potremo vedere qualche volta quando questo inferno sarà finito?»

«Con gioia» rispose lei. «Un chirurgo velista e sovversivo non si incontra tutti i giorni!»

«Neppure uno sbirro donna e anche sommelier!»

«Che cos'è che non si trova tutti i giorni?» chiese Giampiccolo entrando in ufficio. «Certamente un coglione come il Bacci. Andare a morire così, a vent'anni, con un figlio in arrivo…» Ninì era stravolto.

«La moglie?» chiese Sonia

«L'ho fatta ricoverare, è una ragazzina, è andata fuori di testa e urlava in un modo… non ti posso dire come urlava.»

«Qualche volta potrebbe essere semplice essere felici» mormorò Michele.

Ninì lo guardò molto colpito: «Sì, era vero per loro e forse anche per me».

«E allora?» rilanciò il dottore.

Ninì guardò Rocca con un sorriso triste e ammutolì.

Sonia riferì dell'intervento urgente su quel bambino a Livorno e del problema della scorta: «Se lasciamo due uomini da Giovanna e Antonini in commissariato, resta solo un agente e ce ne servono due».

«Quanto può durare l'intervento?» chiese Ninì a Michele.

«Per la parte che riguarda me un paio d'ore.»

«Dov'è il problema? L'accompagno io con l'agente. Fra andata e ritorno, con la sirena, ci mettiamo tre ore.»

«Ma tu» obbiettò Sonia «non devi lavorare con me all'indagine?»

«Non possiamo fare granché oggi. Dovresti anche andare a riposare, sei uno straccio, non hai dormito nemmeno tu stanotte e non puoi andare avanti a caffè freddi» concluse notando il thermos sulla scrivania.

«D'accordo.»

«Dottore avvisi l'ospedale che saremo lì alle…» guardò l'orologio «a mezzogiorno. Perché prima devo parlarti un momento, Sonia.»

Rocca uscì e Ninì propose a Sonia di andare a bere qualcosa.

Appena seduti al baretto, chiese e ricevette notizie di Ciriello.

«Potrebbe esserci un rischio per Pasquale, era di questo che volevo parlarti: se siamo intercettati sanno di lui. È vero che quelli magari se ne strafottono dello spaccio locale, ma io sono angosciato all'idea che Pasquale sia stato scoperto.»

«E invece devi stare tranquillo. Prima di tutto perché di questa copertura siamo al corrente solo noi due e secondo perché le due telefonate che ci siamo fatti, io e Pasquale, sono state una ieri fuori dal commissariato e una poco fa, dal mio ufficio, durante la quale sono stata molto attenta a che sembrasse una conversazione privata. Figurati che Rocca, che era lì, ha creduto che parlassi col mio fidanzato.»

«Te l'ha detto?»

«Sì, sì, me l'ha detto.»

«Ah, bene, però non vedo l'ora di rivedere Pasquale. Se davvero facciamo l'irruzione domattina, domani potrebbe essere di nuovo con noi.»

«Certo. L'irruzione con chi la facciamo?»

«Lasciamo Primavesi qui, mandiamo Lussu e Zanon da Giovanna e ci portiamo Antonini con noi.»

«In tre?»

«In tre più Pasquale. L'alternativa è andare coi carabinieri, ma bisognerebbe spiegare tutto al maresciallo e sai che complicazione…»

Il commissario rimaneva silenzioso.

«Non è un covo di gente armata fino ai denti, Sonia, dormiranno tutti, quelli pericolosi saranno due o tre e noi li prenderemo di sorpresa.»

«Non deve scapparci il morto, Ninì, non solo perché voglio che la gente viva, ma anche perché ne abbiamo avuti già due, collegati alla droga, in tre giorni. Io vorrei che fossimo in tanti e che non ci fosse rischio, capisci? Una possibilità sarebbe proporre a Giovanna di venire in commissariato stasera e di dormire qui nel mio ufficio sul divano letto. In questo modo recupereremmo Zanon e Lussu e saremmo cinque.»

«È un'idea geniale, ma saremmo quattro, perché Antonini dovremmo lasciarlo in commissariato con Rocca e Giovanna; mica possiamo lasciare un agente solo.»

«Saremmo quattro, sì, ma Zanon vale quasi per due. Facciamo così, allora?»

«D'accordo.»

«Mentre porto Rocca in ospedale, vai tu da Giovanna a combinare con lei per stasera?»

«Va bene.»

«E poi dormi un po', per piacere?»

«Va bene.»

Sonia era un po' sollevata e un po' triste, sollevata perché aveva avuto paura che Ninì volesse parlarle di loro due e un po' triste perché Ninì non le aveva parlato di loro due.

Uscendo dal bar lui constatò ancora una volta come Sonia fosse sensuale, anche solo nel modo che aveva di girarsi a salutare e lei, guardando le mani di Ninì, si chiese come mai aveva all'improvviso così tanta voglia di lui.

18

Sonia si svegliò di soprassalto e guardò l'ora. Le tre e mezza? Aveva dormito quasi tre ore. I capelli erano ancora umidi per la doccia che si era fatta prima di coricarsi. Si stiracchiò soddisfatta: nudi si dorme meglio, constatò ancora una volta. Si avvolse i capelli in un asciugamani e stava per vestirsi quando sentì un suono lungo e insistente alla porta.

Ah, ecco, dovevano avere già suonato prima ed era stato quindi il campanello a svegliarla. Gridò: «Un momento!». Si legò un pareo sopra il seno e scese di corsa le scale.

«Chi è?»

«Ninì sono.»

«Ciao, che succede?» disse aprendo la porta.

Lui rimase in silenzio a guardarla.

«Stavi dormendo?»

«Quasi un'anestesia.»

«Ero preoccupato, ho suonato tre volte.»

«Vieni, ci facciamo un caffè, così mi sveglio.»

«Sono venuto a darti tre notizie tutte belle» esordì Ninì sedendosi al tavolo della cucina. «La prima è che la prognosi è ancora riservata, ma l'intervento è andato bene e il bambino dovrebbe cavarsela. Secondo Rocca il tumore era benigno, comunque adesso si aspetta la biopsia.»

«Evviva!» esclamò Sonia allargando le braccia e urtando la scatola del caffè che cadde a terra sparpagliando polvere marrone dovunque.

Lo sguardo di Ninì era quasi incredulo.

«Lo sai che sono distratta e maldestra.»

«Be', almeno se un giorno mi spari, ci sono buone possibilità che mi manchi.»

«Non ci contare, ispettore. Fuori l'altra notizia. Pulirò domani, non ci camminare su, però.»

«Allora: parla che ti parla con questo strano tipo che è Rocca, mentre andavamo a Livorno, è venuto fuori che sa sparare. Allora tornando ci siamo fermati al poligono e abbiamo tirato per una mezz'ora...»

«... e hai scoperto che spara bene?»

«Minchia! Dovevi vedere la faccia di Gramsci.»

«Ed è una notizia importante?»

«Eh sì, Rocca lo facciamo venire con noi domani mattina da quei dementi della festa e...»

«Ma tu sei fuori!» disse Sonia versando il caffè nelle tazzine. «A quale titolo? E se gli succede qualcosa? È un civile, ma dài Ninì, ragiona.»

«Ragiono, ragiono. Potremo sempre dire che era un invitato alla festa; lì s'imbuca un casino di gente, uno più uno meno... e poi lui muore dalla voglia di darci una mano.»

«Mica gli hai raccontato di Ciriello e dell'operazione di domani?»

«Ma no, certo che no. Ho l'impressione però che abbia mostrato la sua esperienza di tiratore per proporsi come aiutante, in qualche modo, se capita. Ma non bevi il caffè?»

«Mi piace tiepido.»

«Non me n'ero mai accorto. Ho anche l'impressione che lui, il Rocca, sia convinto che stiamo per risolvere il caso.»

«Effettivamente l'ha fatto capire anche a me stamattina.»

«*Effettivamente* che cos'altro ti ha fatto capire il dottore?»

«Siamo diventati un po' amici, adesso ci diamo del tu.»

«Anche io e lui ci diamo del tu; è veramente ganzo quell'uomo. E già che ci sei dovresti dare del tu anche ad Antonini.»

«Ad Antonini? E perché?»

«Perché secondo me, se no, quando Pasquale torna, anche se non è un genio dell'intuizione, ci mette cinque minuti a capire come stanno le cose fra noi due. Allora ce lo portiamo il Rocca domani?»

«Ha il porto d'armi valido e regolare?»

«Sì.»

«Va bene, vedremo in che forma, ma non c'è niente da capire sulle *cose fra noi due.*»

«Ah no? Se finisci di bere questo cazzo di caffè ti do l'ultima bella notizia.»

«E non puoi dirmela mentre lo bevo?»

«Poi non dire che non ti ho avvisato. Allora, lunedì mattina faccio domanda di trasferimento.»

Il caffè andò di traverso a Sonia che si mise a tossire penosamente.

«Te l'avevo detto, bestiolina.»

«E sarebbe bella, la notizia? E poi perché?» balbettò.

«Lo sai perché, commissario; e ci sono giorni, come questo per me, in cui tutto diventa chiaro e sai che cosa è giusto fare; il delitto allora è perdere il tempo importante.»

«Sei sconvolto per la morte di quel ragazzo, Ninì, aspetta a decidere.»

«Sono disperato, ma sono lucido, non mi tolgo dalla testa l'immagine di Jacopo Bacci e gli urli di sua moglie e so che potevano essere insieme, adesso, se lui non sbagliava. Io non voglio sbagliare. Non ci è consentito di vivere una relazione nello stesso luogo di lavoro. E io ti voglio avere.»

Si erano alzati tutti e due e Sonia gli disse: «Non farlo Ninì, per piacere non farlo» e non si capiva bene a cosa realmente si riferisse.

«Non fare che cosa, eh? Non fare che cosa?» Era ormai vicinissimo a lei che stava appoggiata alla parete. «Ha ragione Michele, Sonia, la felicità è semplice; perché non lo dici che anche tu hai voglia di me? Dimmelo cosa vuoi.»

Intanto le aveva tolto l'asciugamani dalla testa e le scompigliava i capelli. La guardava in silenzio e lei faceva fatica a sopportare quello sguardo: «Stiamo facendo una megacazzata».

Ninì non le rispose e l'attirò verso di sé, stringendosela addosso. Sonia cominciò a muoversi e lasciandosi andare contro di lui riuscì a sussurrare: «Adesso, adesso, sì».

Lui allora la baciò con dolcezza e con furia e poi le sue dita sciolsero il nodo del pareo.

Alle sette e mezza, il commissario e l'ispettore arrivarono al Comando e trovarono tutti lì. C'era Giovanna che con grande naturalezza aveva sistemato già la sua borsa e chiacchierava con Primavesi al centralino. C'era Lussu che, sorridendo diceva a Rocca: «Riesce a far parlare anche i sassi, quella ragazza». C'erano Zanon e Antonini in ufficio a sistemare delle carte.

Sonia convocò tutti i colleghi al bar. «Chi resta al centralino?» chiese.

«Resto io,» disse Lussu «oggi sono stato in gita a Livorno, e Giuliano è sempre rimasto qui.»

«Resto anch'io,» disse Ninì «ci sono Giovanna e Michele; è meglio se siamo in due, poi il commissario mi dirà.»

Ninì guardò per un attimo Sonia come un uomo guarda la sua donna e quello sguardo fu intercettato da Michele.

«O che il mi' locale è diventato un commissariato e 'un me n'ero accorta?» scherzò Angela, ma un po' sorpresa lo era per davvero.

«Allora,» esordì Sonia «come sapete tutti, nemmeno due ore dopo il rifiuto di Jacopo Bacci di essere protetto, gli hanno sparato. Ma non è di questo che volevo parlarvi, ormai l'indagine passa a Livorno. Invece domani alle otto dobbiamo essere tutti pronti coi giubbotti, le auto e il furgone, tutti salvo Primavesi e Antonini che rimarranno in ufficio insieme a Giovanna e al dottor Rocca. Dobbiamo fare un'irruzione in un centro di spaccio. I dettagli li stabiliremo domattina.»

«Dov'è questo posto?» chiese Zanon.

«Ve lo dico domani, è qui vicino, ma nemmeno io so ancora esattamente dove.»

«Abbiamo un informatore, dottoressa?» chiese sorpreso Antonini, ben conoscendo l'avversione di Sonia per i confidenti.

«No, in un certo senso... diciamo che ho avuto una soffiata. Ci sono altre domande?»

Non c'erano.

«Stasera, a parte gli ospiti, ci siete tutti, gli scapoli. Non ci siamo io, Antonini e Giampiccolo. È così?»

Era così.

«Cerchiamo di dormire bene e tanto, perché domani sarà una giornata molto particolare. Ah, domani torna anche Ciriello.»

Rientrando in ufficio Sonia prese un momento da parte Fulvio Antonini e gli disse appoggiandogli una mano sul braccio «Fulvio, mi piacerebbe che ci dessimo del tu, se anche a te fa piacere».

«Molto piacere, certo.»

«Bene» sorrise il commissario.

19

«Cosa ne dite» propose Sonia a Michele e a Ninì «di andare a mangiare qualcosa tutti e tre insieme stasera? È stata una giornata dura, è morto un ragazzo, ma forse un bambino si è salvato e io non ho voglia di andare a casa adesso.»

«Potremmo andare in un posto» propose Michele «dove ci smaterializziamo come nel triangolo delle Bermude. Lì non ci trova nessuno.»

«Dove ti eri visto con Hernández?» chiese Giampiccolo.

«Sì, lì» rispose Rocca.

Si mossero con la macchina di servizio, la sirena e tutto l'arsenale degli sbirri.

Arrivarono in un villaggio in collina in mezzo ai boschi, oltre Castagneto. Faceva fresco, era un incanto. Parcheggiarono l'auto nel cortile di una villetta bifamiliare protetta da un alto cancello che funzionava elettronicamente. Entrarono, scesero due rampe di scale e si trovarono davanti una porticina di ferro chiusa. Michele l'aprì e uscirono su uno spazio erboso che si trovava qualche metro sotto la strada. Scesero a sinistra e poi risalirono, sempre in *fuori pista.* Michele teneva per mano Sonia perché, un po' per il buio e un po' per la sua distrazione, sarebbe ruzzolata chissà dove.

Dopo cinque minuti si ritrovarono in vista della strada, circa cinquanta metri prima della loro auto ed entrarono dalla porta posteriore in una trattoria.

C'era un terrazzino un po' discosto dalla sala, e invisibile per chi entrava dall'ingresso principale. Lì, con la luna piena di quella sera, si poteva intravedere una parte della Val di Cecina. Michele invitò i suoi amici a sedersi intorno all'unico tavolo che era sul terrazzino e, dopo pochi minuti arrivò un omone pelato e dal volto gioviale con alcune candele:

«Michele! Che piacere!».

«Maso, come va?» I due uomini si guardarono con affetto.

«Ti presento due amici, Sonia e Ninì.»

Dopo le strette di mano, Maso guardò interrogativamente Michele, che sorrise annuendo brevemente e dicendo subito dopo: «Cosa ci porti?».

«Se volete ci penso io, se no vi porto il menù.» E intanto accendeva le candele.

«Per noi va bene se ci pensa lei» disse Giampiccolo.

«Allora fai tu, anche il vino: attento che Sonia è un'esperta!» concluse Michele.

«Siete vecchi amici?» chiese poi Ninì.

«Sì, in un certo senso, sì.»

«L'hai conosciuto in carcere» affermò Sonia.

«Perché quest'idea?»

«Lo vuoi sapere davvero?»

«Sì.»

«Tanti dettagli messi insieme fanno come un mosaico: il tatuaggio sul suo polso, il modo in cui vi siete guardati, come se lui ti volesse chiedere se eri qui di nascosto, quell'intesa a cenni quasi impercettibili, quel particolare calore nel saluto, tutto questo insieme fa pensare alla galera, almeno a me.»

«Un giorno mi spiegherai perché.»

«Un giorno.»

«Ma vero è?» chiese Ninì

«Certo che è vero» rispose Michele. «*Dentro* ho stretto strane amicizie; anche con Maso nel periodo in cui sono stato detenuto a Volterra. La prigione ha questo di buono: ti fa davvero conoscere la gente, la mette a nudo. E hai tempo per guardarla.»

«Com'è che puoi entrare nel cortile del condominio?» chiese Ninì, seguendo un suo filo di pensieri.

«Appunto, ci abita Maso con la sua famiglia, e i suoi suoceri al piano di sopra.»

«Ma con Pedro come hai fatto?»

«Gli ho spiegato dove doveva arrivare. Ho chiesto al telefono alla moglie di Maso di uscire di casa in quel momento lasciando il cancello aperto, lui è entrato, ha chiuso e ha trovato me in fondo alla scala.»

«Michele,» disse Sonia «domani mattina abbiamo un'irruzione in una villa dove stanotte c'è una festa alla cocaina e dove c'è anche un nostro uomo sotto copertura; siamo in pochi, lo so che non è affatto regolare, ma se ci vuoi dare una mano, magari anche solo bloccando il cancello esterno con Zanon, io… non mi oppongo.»

Michele la guardava in silenzio, ma stava per mettersi a ridere.

«È un'idea tua, Ninì?»

«Sì, dato come spari.»

«Va bene, nel mio curriculum mancava l'esperienza di sbirro!»

«Dovresti allora ringraziarci per offrirti questa irripetibile opportunità!» commentò Ninì.

«No, vi ringrazio per la fiducia.»

Parlarono poi d'altro. Di Guccini per esempio.

«Ecco chi sei,» disse Ninì «tu sei Cirano: per la tua rabbia enorme ti servono giganti. E non li trovi, ci sono solo *quaraquaqua* che girano.»

Parlarono di Calvino, di quella sua mitica lezione sulla leggerezza, dei film di Sorrentino, di Renzi e della sua sistematica distruzione dei resti di una democrazia, delle musiche preferite, di come si fa a tenere duro in una pubblica istituzione, che sia un ospedale o un commissariato, e anche di vecchie trasmissioni televisive, in un disordine felice: c'erano un lessico familiare e una scioltezza di comunicazione che li infervorava.

«Vi ricordate? *Striscia come una lucertola, sta al sole come una lucertola, è verde come una lucertola, si arrampica come una lucertola. Che cos'è? Una lucertola! Per saperne di più guardate rieducational channel!*»

«E quando Guzzanti faceva il fascista su Marte?»

«E il bavoso della new age?»

«E quando spiegava che cos'è la casa della libertà sfasciando i muri e pisciando sui divani?»

Quella sera quei tre avevano voglia e fretta di parlare di tutto e anche di ridere, di stare bene e di sentirsi vicini, come se non ci potesse essere un domani.

Più tardi, dopo aver accompagnato Michele in commissariato, Ninì e Sonia si avviarono verso le loro due macchine parcheggiate davanti al cortile.

«Be' ciao» disse lei aprendo la sua auto.

«Be' ciao» rispose lui facendole il verso.

Si diressero entrambi verso Castagneto; lei si sarebbe fermata a metà strada e lui avrebbe proseguito.

Ma Ninì fermò la sua auto nel giardino di Sonia.

«Davvero credevi che ti lasciavo andar via così? E senza neanche guardare la luna con te?»

«Ma non hai dormito quasi niente la notte scorsa, ormai è quasi mezzanotte, e domani...»

«Domani, domani... è stasera che cadono le stelle, vieni qui piccola» e si sdraiò sul prato. Aspettarono per un po', abbracciati sull'erba, finché, quasi contemporaneamente, ne videro due attraversare il cielo. Non si confidarono il desiderio: «Guai se non è lo stesso mio» la minacciò Ninì. «Vieni, andiamo, è tutta la sera che ho voglia di spogliarti. E adesso lo farò».

«E se ti spogliassi io?»

«Grande idea.»

Nel momento in cui entravano in casa squillò il cellulare: era Ciriello. Sonia inserì il viva voce.

Diede al commissario l'indirizzo, disse che tutto andava bene, che c'era una sola porta d'ingresso; ma era bene che ci fosse qualcuno sul retro perché molti si sarebbero addormentati sui divani del pian terreno, che i tossici erano diversi, ma gli spacciatori solo due, uno che probabilmente aveva preso il posto di Venturini e che si chiamava Fausto, un ragazzo del loro giro, molto alto, bruno, che indossava una camicia rossa, non era armato ed era completamente scemo, e poi lo spacciatore vero che si faceva chiamare Tubo e che invece sicuramente era armato. Com'era Tubo? Sulla trentina, capelli molto chiari e lisci, lunghi e media statura. Pasquale avrebbe cercato di farsi trovare vicino a lui. L'irruzione andava bene alle sette? Lui avrebbe aperto la porta qualche minuto prima. Loro avrebbero dormito almeno fino a mezzogiorno.

«Chi viene di voi?»

«Io, Giampiccolo, Zanon, Lussu e uno che non conosci, che tira bene e che è alto coi capelli brizzolati e avrà il giubbotto anche lui. Per piacere non spararargli!»

«Poi mi spiegherai chi cavolo è.»

«Come no? Lasceremo Lussu e Zanon fuori e io e Ninì entreremo alle sette!»

«E il tiratore scelto?»

«Con noi due. A domani allora, Pasquale.»

«A domani Sonia, tranquilla.»

«Mi sembra» disse Ninì «che il punto sia non farseli scappare, non tanto il rischio di un conflitto a fuoco.»

«Non sei convinto?»

«Ma no, è credibile, è credibile; non si sa però chi arriva dopo, a quest'ora è ancora presto e tutto può succedere. Comunque ne parliamo domani con gli altri. Adesso no, perché ho in mente...»

«... di tornare a guardare le stelle?» rise Sonia.

«No, di accendere la più bella.»

20

Maria Laura Riva di Valpetrosa si alzò come una sonnambula per andare in bagno. A tentoni lo raggiunse e a tentoni ne uscì per ricadere nel suo letto il prima possibile. Da un'imposta socchiusa filtrava la luce del giorno, si avvicinò per chiuderla e vide il furgone, le auto azzurre e i poliziotti che stavano entrando da loro. Barcollando, andò a scuotere Tubo.

«C'è la polizia, c'è la polizia, svegliati, li ho visti che stanno entrando.» Pasquale, che era sdraiato su un divano non lontano da Tubo, tenne gli occhi chiusi.

La villa a due piani era preceduta da un viale. Il cancello era aperto. Lussu e Rocca rimasero all'ingresso; sul retro non servivano presenze perché il muro di cinta era alto e superarlo avrebbe richiesto del tempo.

Il commissario, l'ispettore e l'agente Zanon trovarono però la porta chiusa: «Qualcosa non ha funzionato» mormorò Ninì. «Sfondo?».

«Sfonda» rispose Sonia e Ninì aprì senza difficoltà una porta che non offriva grande resistenza.

Dentro era un casino: chi dormiva, chi piangeva, chi vagava, ma in piedi vicino alla porta c'era Tubo che teneva davanti a sé una ragazza puntandole una pistola alla tempia.

Pasquale era dietro a Tubo. Nessun altro sembrava armato. Nemmeno Pasquale.

«Fatemi andare» disse Tubo. «Fatemi andare!» urlò poi vedendo l'esitazione della polizia.

«Lasciatelo andare» ordinò Sonia. I due uscirono a ritroso, entrarono nel garage e Tubo mise la ragazza al volante, tenendo la pistola puntata contro di lei.

«Intanto tu vieni qui» disse Ninì a Pasquale. «E anche tu e tu e tu,» continuò rivolto ad altri nei dintorni «venite tutti qui buoni buoni.» Nella confusione che seguì, Ninì passò la sua pistola a Pasquale, il quale uscì come una scheggia nel vialetto dietro a Tubo. Li raggiunse che erano quasi al cancello, mentre aspettavano che si aprisse: «Vengo anch'io» urlò Pasquale ed entrò nell'auto dietro a Tubo.

Puntargli la pistola alla nuca e dirgli: «Fine della corsa» fu questione di un attimo.

Furono necessari il furgone e le tre macchine di servizio per portare tutti in commissariato.

Ammucchiarono i fermati nelle camere di sicurezza sotto il controllo di Lussu e Zanon: «Non devono parlare fra loro» raccomandò Giampiccolo.

E, non appena Pasquale riscese dalla foresteria in divisa, cominciarono gli interrogatori.

«Minchia, Pasquale, come poliziotto non lo so, ma come tossico sei all'ultimo stadio.» Era Ninì.

«Per la pistola, dici? Ieri sera Tubo ha chiesto se c'erano armi e se c'erano gli andavano consegnate. Io l'ho nascosta, ma nel casino che è successo non ho fatto in tempo a riprenderla.»

«Ti presento il dottor Michele Rocca, praticamente ormai in forza a questo commissariato» scherzò Ninì. «E questo figuro è il vicecommissario Pasquale Ciriello, ma già tu lo sai.»

I due poliziotti e Michele entrarono nell'ufficio di Sonia e fecero entrare Tubo.

«Prima di tutto le sue generalità, perché Tubo non ci basta.»

«Angelo Colla.»

«Dove e quando è nato?»

«Il 26 agosto 1982 a Rovigo.»

«Fulvio per piacere, vuoi controllare i precedenti?» chiese Sonia e proseguì rivolta a Tubo: «Il punto non è sapere se lei spaccia perché questo ce l'ha già detto il nostro collega, e neppure se gli altri le hanno comprato la coca ieri. Il punto è un altro. Da chi la prende?».

«Non li conosco.»

«Lei ha paura e ha anche ragione, ma pensi bene se le conviene tacere, a questo punto. Ha una serie di imputazioni: spaccio, resistenza, minaccia a mano armata, tentativo di sequestro e siccome immagino che non sia incensurato… sono davvero molti anni di prigione. Sono due paure diverse e deve scegliere.»

L'interrogato stava a occhi bassi e non parlava.

«Che fine ha fatto Hernández?» intervenne Ninì.

«E chi cazzo è Hernández?» Il giovane sollevò la testa sbalordito.

Era evidente che non mentiva.

«Lei non lo conosce, ma quello che dà la coca a lei lo conosce bene e l'ha anche fatto fuori» disse Ninì. «Se ci dice chi è, ne terranno conto in tribunale; se non lo dice e lo troviamo lo stesso, non vorrei essere al suo posto.»

Tubo alzò la testa e guardò Ninì, come a considerare la situazione, ma rimase in silenzio.

Entrò Antonini che disse: «Ha precedenti per spaccio e piccole truffe».

«Allora, vuol continuare, a trentadue anni, la carriera di delinquente marginale per arricchire quelli che protegge o è ora di cambiare gioco?»

Dopo una mezz'ora di tentativi infruttuosi, Sonia chiese ad Antonini di riaccompagnarlo in cella di sicurezza.

«Avrà modo di riflettere. Ah,» aggiunse quando Tubo era già in piedi «sappia che Maurizio Venturini ci aveva già parlato di lei e della vostra attività di spacciatori.» Il saltafosso funzionò.

«Quel bastardo,» ringhiò «quel lurido bastardo figlio di troia. Con tutta la grana che gli ho fatto fare.»

«Sì, e adesso parlerà il suo amico Fausto che ha sostituito Venturini, a quanto pare.»

Quando la porta si chiuse dietro Tubo, Pasquale tutto contento disse: «Adesso abbiamo un'altra prova dello spaccio del Venturini. E brava Sonia».

«Ma sono sempre piccoli pusher da strada; speriamo che prima o poi Tubo si decida a parlare perché non siamo ancora riusciti a capire come diavolo Hernández abbia potuto essere intercettato a Castagneto.»

Con gli altri fermati se la sbrigarono velocemente. Confessarono tutti il consumo contriti e terrorizzati. Interrogarono per ultimi Fausto e la ragazza presa in ostaggio.

Maria Laura Riva era la proprietaria della villa che le era stata regalata dalla nonna, che altri non era se non la contessa nemica del maniscalco e incline al "tanto per cominciare".

Confessò di essere occasionale consumatrice delle droghe più disparate, eccetto l'erba «che non mi fa niente» e lamentò di essere stata trattata in quel modo da Tubo, dopo che era stata proprio lei ad avvisarlo dell'arrivo della polizia.

«Hai capito, la nipotina di Odoacre» commentò Michele all'orecchio di Sonia.

«Non abbiamo sempre studiato che erano barbari? Forse qualcosa di vero c'è» bisbigliò lei all'orecchio di lui.

Uscita la ragazza, entrò il povero Fausto, non si poteva che definirlo così: aveva gli occhi rossi, era pallido come una seppia e si accasciò sulla sedia che pareva un pupazzo.

Si chiamava Fausto Pautasso, era di Torino e aveva vent'anni.

«Da quanto tempo lavora per Tubo?»

«Da pochissimo, sono qui in vacanza.»

«Da quando abbiamo arrestato Venturini?»

«Un po' prima, perché servivano ormai due persone. Venturini non bastava più.»

«Che cosa mi dice di Hernández?» chiese Ninì cocciuto.

«Chi?» esclamò interdetto Fausto.

«Pedro Hernández Santilla...»

«Ah, Pedro,» riprese sollevato il Pautasso «l'ho visto solo un pomeriggio qualche giorno fa, era venuto al nostro bar.»

«Un bar sulla spiaggia?»

«No, in una via laterale a Marina di Castagneto, il bar Nettuno.»

«Ma era di passaggio?»

«Credo di sì, è uno straniero amico di Zampetta; gli ha chiesto qualche dose *prima di partire,* aveva detto, e lui gliele ha date; dopo ho visto che bevevano una birra.»

«E poi?»

«E poi basta, se n'è andato subito.»

«Non ricorda altro?»

«No, ah sì, ha chiesto dove era l'Accattapane perché doveva andare da quelle parti e Zampetta glielo ha spiegato e gli ha anche detto come riprendere la superstrada quando tornava indietro.»

«Che altro si erano detti?»

«Zampetta gli ha chiesto dove cavolo andava su per le colline e Pedro aveva detto "da un vecchio amico".»

«E poi?»

«Basta, niente altro o sciocchezze come: che tipo di macchina aveva, a che ora sarebbe ripartito eccetera.»

«Le hanno dato l'impressione che avessero un appuntamento Zampetta e Pedro?»

«Be', certo, penso di sì, si saranno telefonati, non è che Zampetta sia sempre al bar...»

L'interrogatorio era nelle mani di Giampiccolo e gli altri stavano zitti col fiato sospeso.

«Ci saranno degli orari in cui lo si trova sempre, no?»

«In questo periodo c'è verso l'una, va lì a mangiare.»

«Ah sì, e com'è questo Zampetta?»

«Ma come, voi non lo conoscete?» era sbigottito. «Tubo non vi ha detto niente? Che cosa gli volete fare? Oddio non mi sarò cacciato nei guai.» Si guardava intorno disperato, come chiedendo aiuto: «Non dico più niente, non dico più niente, quelli mi ammazzano!» e si mise a piangere.

«Non ci vuol dire com'è Zampetta? Lo troviamo lo stesso.»

«Ci dica almeno come si chiama» intervenne Ciriello.

«Questo davvero non lo so.»

«Zampetta deve avere un grosso tatuaggio sul braccio» intervenne Sonia, rivolgendosi a Ciriello.

«No!» esclamò d'impulso Fausto. «Non è lui che ha il tatuaggio.»

«E chi ce l'ha?»

«Non lo so, un amico di Zampetta, ma io non l'ho mai visto.»

Poi si chiuse in un mutismo da clausura; lo congedarono che era completamente nel pallone.

Sonia chiese a Fulvio e a Ninì di andare subito a cercare Zampetta, dato che era ormai l'una e mezza. Ma il bar era deserto, solo due ragazzi stranieri mangiavano un panino seduti davanti alle loro mountain bike.

21

Richiamarono Tubo.

«Allora riassumiamo» esordì Sonia. «In basso ci sono Venturini, bruciato, e Pautasso, sopra c'è lei, e sopra ancora c'è Zampetta» quel nome fece il suo effetto perché Tubo alzò gli occhi che teneva sempre bassi con un'espressione molto preoccupata. «E sopra Zampetta?»

«Non lo so, non ce le dicono queste cose.»

«Come si chiama Zampetta?»

«Non lo so.»

«Bene,» concluse Sonia «non sa neanche come si chiama, in che bar va eccetera eccetera.»

Tubo taceva.

«Allora coi soldi della droga si scelga un avvocato perché oggi andrà in carcere a Livorno.»

Quando fu uscito Sonia disse: «Rimettiamo fuori tutti gli altri, con denuncia a piede libero, ma prima richiamiamo il Pautasso perché quello è così scemo che davvero si caccia nei guai».

«Non lo arrestiamo?» chiese Antonini.

«Dovremmo,» rispose Sonia «ma credo sia meglio lasciarlo tornare a casa; mi sembra evidente che questa esperienza per lui è finita e invece, se lo mandiamo dentro, nel giro dei balordi ci resta intrappolato. Il Pautasso non somiglia al Venturini e non ha nemmeno lo stesso tipo di famiglia.»

E l'apprendista spacciatore fu richiamato.

«Fausto,» disse Sonia «non dica a nessuno quello che ci ha raccontato e torni immediatamente a Torino.»

«E che cosa dico ai miei? Siamo tutti qui fino al 23 agosto.»

«Vuole che ci parliamo noi coi suoi genitori?»

«No, per carità, no!» Pensò un momento, poi proseguì: «Potrei dire che sono stato invitato da un amico a Bardonecchia per studiare insieme e del resto l'amico ce l'ho, potrei anche andarci per davvero...».

«Ottima idea, ma subito, domani, è pericoloso per lei stare qui.» Poi Sonia aggiunse: «Guardi che lo so che Zampetta ha un problema alle gambe».

«Se lo sa già...» rispose prima di uscire.

«Perché un problema alle gambe?» chiese Pasquale.

«E perché se no dovevano chiamarlo "Zampetta"? Adesso dobbiamo cercarlo.»

«E perché allora Tubo si chiama così?» chiese Ninì provocatorio.

«Sai, ispettore, dove teneva la coca?»

«No.»

«Qui» disse Sonia e tirò fuori dalla borsa un tubo di palle da tennis. Lo mise sul tavolo, lo aprì e lo vuotò di tutte le belle bustine confezionate che conteneva, poi sorrise, si tirò gli occhiali sul naso, si infilò le mani nei capelli e si guardò intorno soddisfatta.

«Che ci fanno qui delle palle da tennis? Mi sono chiesta

quando ho visto il tubo prima di uscire dalla villa; questi sono dei morti in piedi, io a tennis ci giocavo, è uno sport bestiale, e poi non vedevo racchette vicino alle palle. L'ho aperto e... sorpresa! Concludendo: il nostro amico, caro ispettore,» sorrise Sonia «si chiama Tubo perché usa i tubi di palle da tennis per trasportare la coca.»

«Elementare Watson» borbottò Giampiccolo, ma intanto Ciriello aveva preso la parola: «Sonia posso fare il punto nave? Adesso sappiamo che avevi ragione e che un contatto fra la rete dello spaccio di qui e l'omicidio di Hernández c'è, e se non mi avessi infiltrato non lo avremmo mai saputo. Possiamo forse trovare Zampetta, ma il punto è trovare gli altri e capire in che modo fossero collegati».

«Posso intervenire?» chiese Rocca.

«Certo» rispose Sonia.

«Ecco, come avete sentito, Pedro è stato fregato dalla tossicodipendenza, è rimasto senza coca, questo lo so, a Parigi, probabilmente non si è fidato di andare a cercarla a Milano, ma arrivato qui cominciava a stare male. Deve essersi ricordato di conoscere qualcuno da queste parti, qualcuno di cui evidentemente si fidava, e l'ha cercato. La mia impressione è che invece questo qualcuno se lo sia venduto.

«Zampetta ha probabilmente avvertito il tatuato e qualche altro, che così sapevano più o meno a che ora Pedro con la Opel sarebbe sceso dall'Accattapane e l'hanno aspettato.

«Come sapete il circuito mafioso è molto capillare e dovevano essere tutti allertati dal fatto che c'era una mina vagante uscita dal giro. Pedro sapeva qualcosa che avrebbe potuto mettere in crisi e fare saltare per aria una loro struttura che, magari altrove, magari in altri settori, funzionava da anni indisturbata, senza contare che forse avrebbe anche potuto colpire qualche personaggio intoccabile.

«Quando salta una struttura mafiosa, si deve ricominciare tutto daccapo, bisogna trovare altri modi, e rimettere insieme un sistema. Ma questo lo sapete meglio di me.»

«Sì, ma Pedro alla fine non ha lasciato in giro niente, nessun documento, nessuna registrazione, nessuno sa niente» lo provocò Ninì.

«Non è così.» Ed estrasse dalla tasca dei pantaloni un video.

«Dove lo nascondevi» domandò Ninì «che non l'hanno trovato buttandoti per aria la casa?»

«In macchina, poi l'ho preso prima di andare a casa del commissario.»

«Perché non ce ne hai parlato prima?» chiese Sonia.

«Perché molte cose sono cambiate fra noi in questi due giorni e io adesso so di non sbagliare, Sonia. La registrazione è in spagnolo, ma spero che tutti capirete quello che serve.»

Nella stanza c'erano il commissario, il vice, i due ispettori e Michele.

«Ho la vostra parola che niente di quello che sentirete adesso uscirà da questa stanza, fino a quando io non lo decida?»

Gli fu promesso.

«E qui nel mio ufficio ti senti sicuro?»

«Certo Sonia, qui adesso non ci sono né spie, né microspie» rispose Michele facendo partire la registrazione.

Si sentì la voce di Pedro:

«Io sono Pedro Hernández Santilla e dichiaro che esiste un mercato di donne che vengono sequestrate in molti paesi d'Europa da organizzazioni clandestine che fanno capo a Londra a James Holibone, in Francia a François Pellerin, in Spagna a Manuel Rivas, in Italia a Gustavo Diotallevi, in Polonia a Zigmut Kolsckij, in Russia a Boris Kaminskji e che svolgono apparentemente attività lecite e insospettabili. Le ragazze vengono trasferite in Italia dove vengono prese in carico dalla mafia che si occupa di trasferirle negli harem mediorientali. Le partenze avvengono su jet privati dell'emiro il primo giovedì del mese, a mesi alterni, dall'aeroporto Falcone Borsellino di Palermo.

Questa struttura funziona da molti anni e si sta estendendo nell'Europa dell'Est, grazie anche all'intervento della mafia russa. Il capo di questa organizzazione è l'emiro Samir ibn Ahmed al Malik, in collaborazione con la cosca mafiosa dei Paternò. Questa struttura ha bisogno naturalmente di coperture politiche per non essere disturbata dalle forze dell'ordine. Ci sono coperture politiche in ogni paese, ma non sono in grado di fare i nomi; queste personalità facilitano le cose perché sono corrotte. In Italia il sottosegretario Piergaetano Mammuccari è un nome che ho sentito fare spesso, ma io non l'ho mai visto.

Tutte queste informazioni le ho ricavate in qualità di fornitore di cocaina all'emiro Samir. Per lui nel tempo ho anche svolto incarichi di fiducia, come trasferimenti di capitali eccetera. La mia attività al suo servizio è durata più di cinque anni. In questo periodo, nei miei frequenti viaggi in Medio Oriente, ho molto visto e molto ascoltato, e molto scritto. Davanti a me l'emiro parlava piuttosto liberamente, mi considerava un suo uomo e sapeva che la mafia mi avrebbe ucciso se avessi tradito la sua fiducia.

Sono stato io a rivelare alla polizia francese che Jennifer Blayborough, la figlia di Lord Blayborough, la ragazza inglese scomparsa due mesi fa, non era morta, né fuggita, ma si trovava in un harem. In questo modo, avvisata l'Interpol, il governo inglese è intervenuto e so che la ragazza adesso è a Londra, anche se i giornali, almeno per ora, non ne hanno dato notizia. Spero di riuscire a salvarmi, ma non ne sono ancora del tutto sicuro.

Ho consegnato questa registrazione il 7 agosto 2014 nelle mani del dottor Michele Rocca, perché ne faccia l'uso che crede opportuno nel caso in cui io venga ucciso. Gli ho consegnato anche una copia scritta e firmata di questa stessa dichiarazione, con allegati indirizzi e professioni delle persone citate. Fine della registrazione di Pedro Hernández Santilla».

Il silenzio era pesante e nessuno aveva voglia di parlare.

«Sono quasi le tre, cosa ne dite se ci mangiamo un panino anche con gli altri e con gli ospiti?» propose Pasquale. A tavola insieme si rasserenarono.

«Tu Sonia vuoi il caffè amaro e tiepido?» chiese Ninì sorridendo.

«Giuliano,» disse Sonia facendo finta di non aver sentito «mi passi la ciambella? Chi la vuole?»

«Io al passaggio, grazie» rispose Giuliano e ne diede un pezzetto a Giovanna con la quale stava chiacchierando fitto fitto.

«Ho notato» disse Michele «che date sempre del "lei" negli interrogatori.»

«È un ordine tassativo del commissario» rispose Ciriello.

«Non è così usuale.»

«La dottoressa non è un commissario usuale» dichiarò Zanon. Poi, rivolto a Ninì aggiunse: «Ispettore, dia un po' di vino rosso a Gramsci, non si sa mai…».

E Lussu sorrise: «Ci vuol altro, caro collega, comunque questo è un covo, non un commissariato di polizia».

E tutti risero.

«Com'è cambiato questo posto» commentò Pasquale. «Sto via tre giorni e tutti si danno del "tu", ridono e scherzano, Lussu si lascia chiamare "Gramsci", Primavesi parla, Gondola fa le battute… che succede? Dottore, è stato lei? È un chirurgo o uno psicoanalista?»

«Taci, vecchio tossico,» intervenne Ninì «e perché non ci racconti le tue notti marginali?»

«Bene,» disse Sonia dopo un po' «mettiamoci al lavoro. Io devo stare da sola a pensare. Giovanna tu puoi rimanere qui, se vuoi. O se preferisci in foresteria.»

«Posso andare con Giuliano al centralino?»

«Puoi.»

Uscendo Pasquale prese da parte Ninì: «Ma dimmi un po', Michele è il ganzo di Sonia?».

«È un ganzo, ma non è di Sonia» rispose asciutto Ninì.

«Sarà» replicò Pasquale senza convinzione.

«Come, *sarà*?»

«Stanno seduti vicini, si parlano nell'orecchio, si sorridono guardandosi negli occhi e poi lei è cambiata, dài, è raggiante; ma tu, che la capisci al volo, questo non lo vedi?»

«Cosa?»

«Quando entra lei, entra un fascio di luce.»

«Minchia, Pasquale, non sarai per caso tu innamorato del commissario, ah?»

«No, ma credi a me, Sonia col dottore un traffico ce l'ha e le fa solo bene.»

«Sarà» concluse Ninì, poi lo guardò meglio e sorrise beffardo «tu piuttosto…»

«Statte zitto, Ninì, per carità, sono già consumato dai sensi di colpa.»

«Sto zitto, sto zitto… come non sacrificarsi per una giusta causa, vero dottor Ciriello?» E se ne andò sogghignando.

22

Il commissario Castelbarco rimase sola nel suo ufficio per una buona mezz'ora. Poi chiamò Ciriello, Giampiccolo e Antonini.

«Abbiamo deciso di fidarci di Rocca. Volevo essere sicura che sia una convinzione di tutti, nessuno escluso» e guardò Pasquale che rispose: «Io mi fido perché vi fidate voi, personalmente lo conosco da stamattina e più di questo non posso dire».

«Michele» disse Ninì molto serio e cercando bene le parole «è pieno di rabbia, anche contro la polizia, è un rompicoglioni come tutti i solitari, è un provocatore arrogante, è anche presuntuoso e supponente...»

«... è una vera fetenzia» constatò Ciriello.

«... ma è così per bene che fa quasi paura.»

«Anche io la penso come Michele,» dichiarò Fulvio «credo che possiamo stare tranquilli.»

«Perché questi dubbi?» chiese Ninì a Sonia.

«Perché i dubbi mi vengono ogni tanto e perché soprattutto non volevo che una nostra – mia e tua – simpatia personale per lui influenzasse decisioni che riguardano tutto il commissariato.»

«È vero che stiamo lavorando con la dinamite...» rifletté

Ciriello «e non possiamo permetterci errori sulle persone.»

«Io dubbi su Michele non ne ho,» riprese Giampiccolo «non solo, ma penso che possa aiutarci molto e lo ha già dimostrato.»

Ciriello allora disse: «Mi fido della capacità di Ninì di capire le persone».

«Sì,» disse Antonini «anch'io voto per la fiducia.»

«Va bene, andiamo avanti.»

«Non lo facciamo entrare?»

«Meglio di no, Ninì, non è uno di noi e potrebbe creare problemi con gli agenti» disse Sonia.

«Perché? È un teste, è sotto protezione, abbiamo mille motivi per parlare con lui.»

Ci fu un giro di sguardi affermativi e Sonia fece chiamare Michele.

«Credo» cominciò a dire il commissario «che la registrazione di Hernández, e il suo documento, saranno oggetto di indagini lunghe in diversi paesi e quindi saranno rese note chissà quando. Nel frattempo forse, e nei prossimi giorni certamente, la mafia continuerà la sua ricerca. A meno di non sbaraccare, e in fretta, la sua organizzazione, che è cosa complessa e tracce, oltretutto, deve averne lasciate. E quindi noi, anche dopo aver passato l'indagine a Livorno, che ne facciamo di Michele e Giovanna? Allora ho pensato» continuò il commissario «che potremmo trasmettere alla Procura la documentazione, inviando un comunicato stampa generico, ma tale che la mafia capisca che la partita è persa; così rinunceranno a una ricerca ormai inutile e richiameranno i loro killer a casa.»

«E però avranno anche tutto il tempo di smantellare il loro traffico prima di essere bloccati dall'Interpol» osservò Ciriello.

«Allora vuol dire che da oggi pomeriggio non facciamo più

nulla?» chiese Giampiccolo evidentemente deluso. «Se Michele e Giovanna accettano la nostra ospitalità per il weekend potremmo tentare di trovarli noi.»

«E la consegna in Procura e il comunicato stampa potremmo rimandarli casomai a domani pomeriggio» intervenne Antonini.

«Mi sembra che volete tutti andare avanti.»

«Sì Sonia, proviamoci almeno» la incoraggiò Ciriello.

Rocca era stato sempre in silenzio.

«Michele,» chiese Sonia «che cosa ne pensi? Ti abbiamo promesso di non utilizzare la registrazione senza il tuo consenso fuori di qui e poi siete tu e Giovanna a rischiare.»

«Sono d'accordo per provarci, se ve la sentite, e sono d'accordo con Fulvio sul rimandare a domani pomeriggio la denuncia e il comunicato. Per quanto riguarda Giovanna, credo che comunque sia meglio che resti qui ancora un paio di giorni in ogni caso; d'altronde» concluse col suo impercettibile sorriso «non mi sembra che ci stia male.»

«Va bene allora» dichiarò il commissario. «Da dove cominciamo? Non conviene andare a caccia senza nessuna idea di dove si annidi la selvaggina. La si spaventa e così si nasconde ancora di più.»

«Devono mangiare» intervenne Ninì. «Sono mafiosi, sono siciliani, sanno che li stiamo cercando: andranno in un buon ristorante di pesce, con un parcheggio.»

«Ce ne sono un casino, così» osservò Antonini.

«E neanche conosciamo un bar che frequentano, perché certo al Nettuno non li vedremo più» intervenne Ciriello.

«Al bar non li vedremo più,» disse Giampiccolo «ma se andiamo lì a chiedere dov'è un buon ristorante, forse ci danno la stessa indicazione che hanno dato ai siciliani. Possiamo tentare, ci andiamo io e Sonia come una coppia di turisti a bere qualcosa e chiediamo.»

«Meglio mandare due civili. Per quanto mi riguarda, mi hanno già vista a Livorno in borghese e a casa mia quando hanno sparato, quindi meglio di no. Ma posso chiedere a due miei amici di farmi questo piacere. Me ne occuperò io. Questa è una pista che seguiremo, però vediamo se ce ne sono altre, che potreste seguire voi.»

Intervenne Michele: «Se mettiamo in giro la voce che io stasera vado a cena in un ristorante X, sono abbastanza sicuro che verranno anche loro».

«Certo che sì, ma come facciamo a difenderti?»

«Sentiranno puzza di bruciato.»

«Eh sì, annuseranno la trappola» dissero tutti insieme.

«Non credo, se facciamo come vi dico. Fra poco, lasciando la porta socchiusa in modo che tutti sentano, come per caso, io comincio a dirvi che non è una protezione ma una persecuzione, che non ne posso più, che mi sono rotto i coglioni, che io stasera devo uscire per conto mio, che devo incontrare una persona per una cosa molto importante, che non sono un demente sotto tutela eccetera. E nel giro di un paio d'ore quei bastardi lo sapranno. Certo voi dovete protestare, ma la protezione non è obbligatoria, dovete avere l'aria costernata eccetera. Mi chiedete almeno dove vado e io ve lo dirò a patto che promettiate di starne fuori. In cambio vi giurerò di essere prudente. Poi io esco immediatamente, prendo la bici di Sonia, sparisco e alle ventuno mi presento al ristorante.»

«Ma questo è un piano» commentò Sonia.

«Una volta al ristorante arriveranno anche loro. In questo

modo abbiamo il vantaggio di far venire loro nel nostro posto e non viceversa.»

«È vero,» osservò Fulvio «ma è molto più pericoloso perché non li cogliamo di sorpresa e loro potrebbero entrare e prenderti subito.»

«È un rischio, ma a questo punto molto probabilmente vorranno aspettare di sapere con chi mi vedo. Non sono un imbecille e se esco dalla protezione per vedere qualcuno, con la storia di Pedro alle spalle, vorranno aspettare di vederlo questo qualcuno e magari prendere anche lui. Se mettono le mani sui documenti, a questo punto di Giovanna a loro non frega più niente. Sai quanti siciliani tatuati ci sono in giro per l'isola? Una volta che sono tornati a casa, sono fuori pericolo.»

«Mi sembra un ottimo piano,» intervenne Giampiccolo «però ci devi spiegare una cosa. E come minchia è che basta parlare a voce alta qui dentro e loro sono informati? Vuol dire che di là qualcuno soffia. E di là ci sono Lussu, Primavesi e Zanon. E allora tu adesso ce lo devi dire.»

«E io adesso ve lo dico. Che basta parlare qui dentro e loro sono informati non è una mia opinione, è un dato di fatto. Ma non sapevo in che modo. Volevo provare a capire come uscivano le notizie. Mai creduto a una microspia in commissariato: qui abbiamo a che fare con manovalanza mafiosa, certamente non attrezzata per questo genere di operazioni, che oltretutto non si aspettavano nemmeno di dover fare. E quindi ieri sera mi sono messo a leggere in camera, aspettando, non so nemmeno bene io che cosa. Verso le undici ho sentito qualcuno che scendeva le scale. Mi sono alzato e, dopo qualche istante, sono andato giù anch'io. Ho origliato dal corridoio e ho sentito una voce che metteva al corrente qualcuno dell'irruzione che avremmo fatto oggi, non sapeva dove, ma diceva che probabilmente aveva a che fare con la storia del Venturini e difatti oggi all'una, al bar Nettuno, Zampetta non lo abbiamo trovato più. E dell'irruzione non sapeva niente nessuno, ma proprio nessuno, e l'abbiamo potuta fare perché Sonia ha tenuto il segreto sull'obbiettivo fino all'ultimo momento. Anche la copertura di Pasquale ha funzionato perché ne erano a conoscenza solo Sonia e Ninì. Credo quindi che altri resoconti siano stati fatti in questi giorni.»

«Chi è?» chiese Sonia.

«Primavesi.»

Rimasero in silenzio impietriti.

«Giuliano spia della mafia non è davvero credibile, Michele» disse Ninì.

«Ho piena fiducia in Primavesi, non potrebbe mai venderci» continuò Sonia. «Mi dispiace Michele, ma ti devi essere sbagliato. Oltre a considerazioni morali, non è il tipo psicologico che si caccia in questa situazione: è uno tranquillo, timido, prudente e poi, davvero, è seriamente motivato nel suo lavoro.»

«Non ci posso credere, non ci posso credere… lei non sa quello che dice» balbettò Pasquale.

«È un uomo d'ordine per eccellenza,» intervenne Antonini «anch'io non riesco a immaginarmi Giuliano in uno scenario mafioso. Mi viene da ridere all'idea.»

«È un uomo d'ordine, appunto, e in questa storia ce ne sono almeno due, quindi aspettiamoci gli imprevisti» replicò Rocca «comunque non intendo adesso discutere di questo. Va bene, vuol dire che mi sarò sbagliato, che Primavesi parlava con la sua mamma, o che voi vi fate fottere dai vostri sentimenti. Ma una cosa è certa e ne convenite, che qui dentro siamo spiati, e da prima che ci entrassimo io e Giovanna Corsini. Dunque assolvete pure Primavesi, ma continuiamo a pensare che, in modo misterioso, i nostri mafiosi vengono a sapere qualunque movimento in tempo quasi reale. Cerchiamo almeno di approfittarne. Se volete, io sono disponibile.»

Il suo tono era asciutto, ma cortese. Rocca si rendeva conto che era lui il corpo estraneo lì dentro e sapeva quanto nella polizia lo spirito di corpo fosse incapsulato, come una zecca nell'orecchio di un cane.

Decisero che la soluzione di Michele era la migliore.

«Scegliamo a questo punto il ristorante di un amico,» disse allora Ninì «così almeno ci mettiamo d'accordo e saremo noi a mettere la cimice al loro tavolo.»

«Pensavo a Stefano,» disse Sonia «è ormai quasi un amico...»

«Quello che ha il ristorante sull'Aurelia?»

«Sì, ci sono andata diverse volte, gli posso parlare apertamente e ha anche il vantaggio di essere accanto all'officina di Vincenzo; potremmo chiedergli di parcheggiare il furgone da lui in modo che non sia visibile dalla strada.»

«Michele, chi pensavi che potrebbe essere la persona che aspetti al ristorante?» chiese Ninì.

«Avrei pensato a te, ma credo sia meglio che tu stia fra quelli che fanno l'irruzione.»

«Fulvio, andrai tu» decise Sonia.

«Chi lasciamo in commissariato?»

«Primavesi» disse Sonia.

«Chi si occupa di attrezzare il furgone?» chiese Michele.

«Perché?» domandò Ciriello, con tono da sbirro sospettoso.

«Perché» spiegò indispettito Rocca «se Primavesi vede caricare il furgone con i registratori eccetera, allora vi dico che non ci sto. Liberi voi di non credermi, ma libero io di non andare al massacro.»

«Il materiale è in magazzino» intervenne Antonini «e potremmo occuparcene io e Zanon; a lui posso chiedere, senza dare spiegazioni, di non parlare con nessuno del carico del furgone, che è un ordine del commissario. E di fronte a un ordine del commissario, Gondola diventa acefalo.»

«Tu e Zanon andrete anche a sistemare la cimice sotto il tavolo che ospiterà i siciliani,» disse Sonia «io passerò di lì fra poco per chiedere a Vincenzo ospitalità in officina e per avvisare Stefano del programma; prenoterò anche un tavolo per Michele.»

«Per piacere,» chiese Michele «vorrei poter dare le spalle a una parete.»

«Va bene.»

«Non gli dirai dell'irruzione...» disse Ninì.

«No, certo, solo che dobbiamo controllare certe persone, che sono tre siciliani e che arriveranno dopo le nove. Del resto non credo che ci sarà un'irruzione: troppo pericoloso per la gente. Anche a loro non conviene agire nel locale dove tutti li vedrebbero. Quando Michele e Fulvio usciranno dal ristorante, usciranno anche loro, andrà certo così. E noi allora li prenderemo di sorpresa. Al mio rientro» concluse Sonia «ci troviamo qui, Michele farà la sua recita a porte aperte e se ne andrà; noi poi valuteremo come procedere senza che Primavesi possa capire come stanno le cose, secondo la richiesta di Michele. Lui sta rischiando,» concluse «è giusto dargli retta.»

Si lasciarono e Michele notò una certa freddezza nei suoi confronti, come se fossero, loro malgrado, costretti a seguire il piano di uno che li aveva offesi e anche coperto da una vaga ombra di sospetto.

Brave persone, pensò, *ma sempre sbirri sono*.

Quando Sonia tornò, dopo avere parlato con Stefano e con Vincenzo, trovò un fascio di fiori sul suo tavolo.

Lesse il biglietto che lo accompagnava: «Sono preso da un incantamento».

23

Alle nove erano tutti ai loro posti.

Rocca, seduto a un tavolino d'angolo in fondo alla sala, stava aspettando la sua cena sorseggiando un bicchiere di spumante offerto da Stefano; il suo tavolo era apparecchiato per due persone.

Gli sbirri, chiusi nel furgone con cuffie e registratori, sarebbero sembrati agenti segreti, non fosse stato per le divise familiari e per le loro facce da bravi ragazzi.

Erano nervosi e aspettavano, non potevano ancora vedere i loro nemici in faccia. Alle nove e dieci li vide invece Michele dalla vetrata del ristorante: uscivano dal parcheggio e si stavano avviando all'ingresso.

Chiamò il cellulare di Sonia.

«Sono quattro, stanno entrando adesso.»

Michele cominciò a mangiare i suoi spaghetti al nero di seppie. Stefano lo trattava con grande familiarità, perché queste erano state le istruzioni, come se fosse un vecchio e affezionato cliente; che i mafiosi non pensassero che era lì per loro, che ci fosse una trappola da qualche parte.

Lo videro e lo guardarono. Michele osservò loro in modo distratto e tranquillo, come anche altre persone che stavano arrivando, senza alcuna particolare espressione. Però pensò fra sé e sé: *Guarda guarda che bella sorpresa.*

Nel furgone all'improvviso Ninì si picchiò in fronte con le mani: «Minchia, ragazzi, ma come fanno a riconoscersi? Evidentemente si conoscono già. E questo Michele non ce l'ha detto. Oh, porca puttana!».

Gli altri rimasero in silenzio. Era vero: quando mai Rocca era stato in contatto con i siciliani, in modo da essere riconosciuto? E quando mai li aveva visti?

«Mi sa che in trappola ci siamo noi» osservò Ciriello.

«La prima cosa è proteggere Fulvio» disse Sonia.

«Andiamo subito?»

«No,» decise il commissario «aspettiamo almeno qualche minuto di registrazione.»

«Ma lo scopo qual è?» si chiese Sonia a voce alta. Si rispose da sola: «Certo, lo scopo è di lasciare in commissariato Giovanna sola con Primavesi: prenderla diventa un gioco da ragazzi e lei a questo punto è l'unica teste. Certamente avrà avvisato i siciliani della nostra presenza. Francesco, vai al comando, nascondi Giovanna e organizzati con Primavesi. Chiudetevi dentro e avvisate se succede qualcosa. Dio mio che cazzata abbiamo fatto!»

«E lui che razza di fottutissimo bastardo» disse furibondo Ninì. «Ci sta prendendo per il culo da tre giorni: falsa la registrazione, falsa l'accusa a Primavesi, falsa l'irruzione di quella notte in casa sua.»

Sonia chiamò Antonini, ma il cellulare era spento. Lo cercò in commissariato e Primavesi disse che era uscito.

«Entreremo insieme a Fulvio» decise.

All'improvviso si cominciò a sentire la registrazione:

«Ho voluto vedevve pe' 'na decina de minuti e poi me ne

vado, perché lo so io che cosa rischio se quello me riconosce. Dai tempi de Milano, quando ce siamo incontrati, so' passati trent'anni e ho preso trenta chili, ho perso i capelli e me so' messo pure l'occhiali neri, ma non se sa mai... ve volevo di' de sta' calmi, de non fa' n'altra cazzata anche stasera, me sembrate tutti matti, me state a stravolge tutti gli accordi!».

Nel furgone si guardarono allibiti perché quella voce romana strascicata la conoscevano tutti molto bene.

«Oh, cazzo,» disse Ciriello «che facimme? Arrestammo 'o questore?»

Sonia fece cenno di tacere perché il discorso continuava, e anche a voce bassa:

«È quello lì brizzolato con le spalle al muro?».

«Sì, è quello lì. Lunedì passano l'indagine a me. Semo già d'accordo. Non hanno niente in mano, me l'ha confermato la persona de fiducia mia che sta in commissariato.»

«Ma questa persona di fiducia sa di noi?» si allarmò uno.

«Nooo... e quando mai... è un povero fesso, un pivello alle prime armi, uno che se sente importante perché parla con me e me racconta tutto: l'ho convinto che così aiuta i suoi compagni. Rocca non ha né documenti né altro, può solo riferire quello che Hernández gli ha detto: capirai, un pregiudicato sudamericano e un sospetto brigatista senza prove!»

«Io invece non sono così tranquillo e voglio aspettare di vedere chi incontra Rocca. Forse degli sbirri non si fida e forse qualche documento ce l'ha e non possiamo rischiare. Se no che minchia viene a fare qui stasera?»

«E poi» aggiunse un'altra voce «la picciotta non si scantò. Ha visto il mio braccio tatuato e molti altri, qui, anche nell'albergo.»

«Sì, però ce stanno due dettagli» osservò il questore. «Primo, qui non siamo in Sicilia dove potete fare quello che vi pare e la gente non parla; secondo, io sono un uomo di legge e devo rispettare certe regole. Vi ho lasciato agire per fare un piacere a una persona importante. Si sa, chi sta in alto comanda e io non discuto, fino a un certo punto, però, c'è un limite a tutto. Voi, secondo quanto mi è stato richiesto, dovevate solo fare sparire l'indio, guardate che casino avete combinato! Qui non siamo a casa vostra, siamo in Toscana, nel pieno della stagione turistica e due morti ammazzati in tre giorni sono un disastro; senza poter trovare i colpevoli, oltre tutto. Fesso io che vi ho dato i nomi dei testimoni, ma io ve li ho dati per tranquillizzarvi: un prete scemo, una ragazzina e un cameriere spaventato... andiamo! Che motivo avevate di ammazzarlo? Aveva anche detto di non essere lui alla guida del furgone, dov'era il problema?»

«Era lui invece, ed è anche quello che ha visto più di tutti perché ci abbiamo messo un po' a far passare il furgone in quella cazzo di strada stretta e col fosso. Oh, ecco, il compare del dottore arrivò... sì, stavo dicendo che il ragazzo aveva capito benissimo che non era un incidente e se l'è fatta addosso dalla paura, perciò ha negato di essere stato lui alla guida. E se col tempo lo convincevano a cambiare idea?»

«Adesso però la ragazza e il medico, li dovete lasciare andare. Chiaro?»

«Veramente, chiaro non è.»

«Ah no? E io come faccio a coprirvi? Si dà il caso che sono questore a Livorno e già qui è difficile per noi perché sono tutti comunisti...»

«Parla *pe'ttia*, brutto stronzo, *figghiu* di una grandissima puttana» borbottò Ninì.

«Richiama Francesco qui,» disse Sonia a Pasquale «subito.»

«Ve li immaginate voi i giornali?» continuava la registrazione. «E che cosa dico al ministro? Avete fatto 'na gran cazzata ad ammazzare quel ragazzo. E una gran cazzata è stata anche quella di seguire la Castelbarco a Livorno, e per fortuna che non ha visto la targa se no eravate fregati. Comunque adesso ve ne dovete annà.»

«Noi ce ne andiamo magari volentieri,» assicurò uno «ma allora è chiaro che rispondete voi di tutto personalmente,» e calcò l'accento sulla parola personalmente «perché noi possiamo anche tornare, noi o altri, se ci dovesse succedere qualcosa.»

«Non mi piace essere minacciato e non ce n'è motivo» s'inalberò il questore, che si sentiva superiore a dei volgari killer mafiosi. «Ma voi come avete saputo che Hernández era qui?»

«A uno sbirro queste cose non le diciamo.»

«Io sono uno sbirro che ama il quieto vivere e più cose so e più lo garantisco.»

«Siamo spesso da queste parti per ricevere un corriere.»

«Via mare?»

«E che minchia te ne fotte a tia? Lunedì ci hanno informato di trovarci qui; uno dei nostri amici sapeva che Hernández era ricercato, lo ha incontrato e ha avvisato Roma che ha avvisato noi.»

«Zampetta» mormorò Ninì guardando Sonia.

«Se Rocca ha dei documenti fra poco lo sapremo, e sapremo anche se quello è un avvocato o un giornalista, se non ce li ha potete annavvene tranquilli in Sicilia, perché di siciliani tatuati e mancini ce ne sono a strafottere.»

«Sì, ma non che erano qui quando hanno ammazzato Hernández.»

«Ma se vi dico che hanno passato l'inchiesta a me, li mortacci... allora non capite proprio! Starò mica a perde tempo appresso a un pregiudicato colombiano. Quelli si ammazzano per un sì o per un no, come qui si dice "Maremma maiala"! Mica sto a buttà i soldi del contribuente» come tutti i mascalzoni il questore amava sentirsi integerrimo. «Quindi per concludere non voglio più morti, chiaro, sì? Portate via al Rocca la sua fottuta prova, se ce l'ha, e poi sparite.»

«Minchia, tutto è successo perché è andata storta col colombiano: prima lui si suicida, poi la macchina non brucia come si deve, però arriva la picciotta, poi il prete, poi l'altro picciotto... e chi si aspettava che qui alle tre del mattino ci fosse tutto 'sto movimento ah?»

«E noi» interruppe un altro «a spiegare che è stato un incidente e che sta arrivando l'ambulanza e la polizia. Dovevamo scappare... e se quelli la chiamavano loro l'ambulanza?»

«Quel che è stato è stato, ma domani all'alba voi sparite dalla circolazione, senza far danni. Avete inteso?»

Ci fu un silenzio.

«Ecco, lo sapevo, hai visto la busta» mormorò una voce.

«Mo' è meglio che me ne vado» disse il questore e si sentì un rumore di sedie smosse. «Mi raccomando, niente casino in paese. E niente morti. Dopo aver preso i documenti, sparite.»

«Andiamo io e Ninì» disse Sonia.

Lo bloccarono all'angolo della strada, a trenta metri dal ristorante.

«Dottor Cesaroni, la dichiaro in arresto» disse il commissario Castelbarco, tranquilla come mai avrebbe immaginato.

«Ma cosa ve salta in mente... ve siete ammatt...»

«… abbiamo la registrazione del ristorante» concluse sbrigativamente Ninì.

Non ci fu resistenza e il questore fu accompagnato nel furgone.

Lo accolse un silenzio molto imbarazzato. Il questore disse solo: «Chiarirò tutto, si tratta di un malinteso».

«Lo speriamo anche noi» rispose Sonia.

Dopo pochi minuti squillò il suo cellulare: «Stiamo uscendo, qui sono rimasti in tre» disse Antonini.

Lussu rimase a guardia del questore e Sonia, Ninì, Francesco e Pasquale si appostarono dietro al furgone non appena videro uscire Rocca e Antonini, seguiti a breve distanza dai tre mafiosi. Fu tutto molto veloce: i siciliani fermarono Antonini e Michele e presero la busta senza che i due opponessero resistenza. Allora i quattro poliziotti uscirono allo scoperto con le armi puntate: «Polizia! Fermi e mani in alto» gridò il commissario.

A sparare furono però i mafiosi: erano circondati, ma evidentemente speravano di aprirsi un varco e riuscire a scappare. Non fu così perché i poliziotti risposero al fuoco. Si svolse tutto in mezzo alla strada, senza protezioni, caddero a terra due mafiosi e il commissario. Ciriello e Zanon disarmarono il terzo uomo, mentre Michele e Ninì si piegarono su Sonia.

«È viva,» disse Rocca «ma l'hanno presa alla base del collo, è un brutto colpo, Ninì.» E accese il cellulare per chiamare due ambulanze.

«Vengo anch'io in ospedale» disse lui.

«No, con Sonia va Michele che è medico, tu invece servi al Comando» decise Ciriello.

«Pasquale,» intervenne Michele «ti prego cerca di capire… Ninì *deve* venire in ospedale» e il suo sguardo era così dolente che Ciriello finalmente capì e si mise le mani fra i capelli in silenzio.

Per il mafioso tatuato non c'era più niente da fare: era morto su un colpo di Zanon, dopo avere sparato a Sonia.

Antonini era ferito a un braccio, il terzo mafioso era stato colpito a una spalla e non riusciva ad alzarsi.

Le ambulanze si portarono via Sonia, Antonini, il mancino ferito, il morto, Michele e Ninì. Gli altri entrarono nel furgone e si diressero al commissariato.

La folla, che si era magicamente materializzata e che a Donoratico non aveva mai visto una sparatoria per la strada, poco per volta si disperse eccitata.

24

In commissariato il questore e il siciliano furono rinchiusi nelle due celle di sicurezza disponibili. Poi Ciriello chiamò Primavesi nell'ufficio di Sonia. Nessuno seppe mai che cosa realmente uno disse all'altro, ma dopo un'ora Giuliano uscì sconvolto con gli occhi rossi e salì in foresteria. Ciriello frenò con un cenno della mano Zanon che stava per seguirlo.

«Lascia stare Francesco, è meglio che stia un po' da solo adesso. Vieni invece da me con Lussu.»

Carmine e Francesco sedettero davanti alla sua scrivania.

«Ho spiegato a Primavesi la situazione in cui ci ha cacciato, ma l'ho convinto a non dare le dimissioni, come lui voleva fare. Formalmente la sua posizione è difendibile: Cesaroni è superiore diretto del suo superiore, ma lui sa di essere responsabile di tutto quello che è successo. Gli ho detto di partire domani in licenza, tanto doveva andarci fra pochi giorni, e intanto, considerata la situazione, chiederemo un trasferimento immediato. Fino a domani siate gentili con lui, non solo perché soffre come un cane, ma anche perché è stato un terribile errore e sono sicuro che sarebbe ciò che Sonia vi chiederebbe al posto mio.

«Adesso ci resta da prendere Zampetta. Procediamo con gli

interrogatori dei due fermati e vediamo se salta fuori qualcosa.»

«Prima controlliamo sul cellulare dei mafiosi,» intervenne Zanon «abbiamo sequestrato tutti i telefoni. Magari c'è un numero di Zampetta.»

E infatti sul display della rubrica nel cellulare del mancino comparve una zeta con due numeri di telefono: uno era fisso ed era di Cecina. Trovarono quindi l'indirizzo.

«Dobbiamo fare in fretta prima che Zampetta venga avvisato» disse Ciriello. «Andiamo io e Zanon. Tu Carmine resti qui. Mi raccomando i prigionieri: il mancino è pericoloso, stai attento e non aprire a nessuno per nessun motivo finché non torniamo. Se telefona Rocca, avvisami immediatamente.»

Pasquale e Francesco uscirono in borghese e partirono verso Cecina a sirene spiegate. Vicino all'indirizzo di Zampetta, spensero le sirene. Suonarono alla porta, aprì una vecchietta: «No, mio figlio non c'è: che volete da lui?».

«Avevamo un appuntamento al bar ma non l'abbiamo visto, siamo dei suoi amici.»

«A quale bar?» chiese la vecchietta appena un po' sospettosa.

«Al bar Nettuno di Marina di Castagneto» rispose Ciriello.

«Ah, che strano,» sorrise lei «se ne deve essere dimenticato, perché è partito poco fa in fretta e furia per andare a prendere un treno a Livorno, e nemmeno so per dove.»

Pasquale e Francesco ringraziarono quando erano già sulle scale e si infilarono in macchina.

«Come lo riconosciamo?» chiese Zanon.

«È zoppo, ti ricordi, lo aveva capito Sonia durante l'interrogatorio di Fausto. E poi non credo che la stazione di Livorno a quest'ora sia molto frequentata.»

Lo videro, alla fine, sulla banchina di un treno in partenza per Roma e riuscirono a fermarlo, prendendolo alle spalle, di sorpresa.

«Zampetta, deve venire con noi.»

Intanto in ospedale erano scomparsi tutti, chi in un reparto chi in un altro, e Michele con Sonia in sala operatoria. Ninì rimase solo, buttato su una sedia come un fantoccio, immobile, con la testa fra le mani; non riusciva a muoversi, né a piangere, né a pensare.

Chissà per quanto tempo. Poi si vide davanti Michele col camice verde: «L'operazione è riuscita, nessun organo vitale è stato leso; dài Ninì, adesso dobbiamo solo aspettare. Vedrai che ce la farà: ha perso molto sangue, ma è giovane e forte. E il chirurgo è stato bravissimo. Andiamo a bere, vieni».

«Posso vederla?»

«Adesso no, è ancora in sala operatoria. Più tardi ti accompagno io in rianimazione.»

«Voglio avvisare gli altri.»

«Sì, ora li chiamiamo, dobbiamo informare anche la famiglia, vieni» e Michele circondò le spalle di Ninì che finalmente riuscì a piangere.

Quando, dopo tre giorni, fu sciolta la prognosi, Pasquale, passando davanti ai fiori di buganvilla di Sonia, riuscì a sfiorarli con una carezza.

«Adesso a turno andiamo tutti a trovarla,» annunciò Michele «oggi la trasferiscono in reparto. Però prima mi dovete spiegare come succede che si forma un commissariato come questo, in questo paese».

«È un fattore climatico», «È l'errore umano», «È la legge dei grandi numeri», «È un esperimento genetico», «È la legge di

Burns» risposero in disordine e per la prima volta dopo quattro giorni scoppiarono in una risata.

«Adesso che Sonia è fuori pericolo, possiamo dire di avercela fatta, ragazzi. Non riesco a crederci» disse Pasquale.

«E fra l'altro abbiamo incastrato il questore che ha chiamato in causa una persona molto importante e prima o poi sapremo chi è» intervenne Lussu.

Ninì lo guardò con tenerezza: «Gramsci, la mamma niente ti disse, ah? Al quarto livello neppure Falcone ci arrivò. In questo paese il questore o ritratta o muore. Oppure muore il magistrato».

Più tardi Michele prese da parte Ninì e gli disse «Sai una delle prime cose che Sonia mi ha detto dopo il risveglio? "È vero che gli uomini d'ordine sono imprevedibili"». Ninì sorrise.

«Non è stata la prima cosa che mi ha detto, però.»

«E qual è stata?»

«Come sta Ninì?»

«Davvero?»

«Aveva paura che ti avessero colpito. Vai tu per primo oggi, alle tre, da solo, più tardi vengo io con Pasquale.»

«Michele, davvero, non so...»

«Piantala, Ninì, e vai a comprare dei fiori!»

«Ma come hanno fatto a riconoscerti, Michele, e tu a riconoscere loro?» chiese quella stessa mattina Ciriello mentre erano tutti riuniti nell'ufficio di Sonia.

«Che domande fai, Pasquale? Come si fa a riconoscere tre mafiosi siciliani che entrano in un locale a Donoratico? E come facevano a riconoscere me? Ero l'unico solo, sabato sera, in un ristorante pieno di famigliole festanti e di coppie! E con questa faccia! E poi arriva Fulvio e gli do una busta... E comunque il questore mi ha riconosciuto subito, anche se non ha capito che io avevo riconosciuto lui.»

Ninì chinò la testa imbarazzato e Pasquale guardò fuori dalla finestra in silenzio. Allora Michele dovette intuire qualcosa e commentò guardando Ninì con un sorriso un po' divertito e un po' rassegnato: «Ah, gli sbirri!».

Nella stessa collana

Brossura - pp. 224 - euro 12,90

Antonio Fusco

La pietà dell'acqua

È un Ferragosto rovente e sulle colline toscane ai confini di Valdenza viene trovato il corpo di un uomo, ucciso con una revolverata alla nuca, sotto quello che in paese tutti chiamano "il castagno dell'impiccato". Non un omicidio qualunque, ma una vera e propria esecuzione, come risulta subito evidente all'occhio esperto del commissario Casabona, costretto a rientrare in tutta fretta dalle ferie, dopo un'accesa discussione con la moglie. Casabona non fa in tempo a dare inizio alle indagini, però, che il caso gli viene sottratto dalla direzione antimafia. Strano, molto strano. Come l'atmosfera di quei luoghi: dopo lo svuotamento della diga costruita nel dopoguerra, dalle acque del lago è riemerso il vecchio borgo fantasma di Torre Ghibellina, con le sue casupole di pietra, l'antico campanile e il piccolo cimitero. E fra le centinaia di turisti accorsi per l'evento, Casabona si imbatte in Monique, un'affascinante e indomita giornalista francese. O almeno, questo è ciò che dice di essere. Perché in realtà la donna sta indagando su un misterioso dossier che denuncia una strage nazista avvenuta proprio nel paesino sommerso. Un dossier scottante, passato di mano in mano come una sentenza di morte, portandosi dietro un'inspiegabile catena di omicidi. E tra una fuga a Parigi e un precipitoso rientro sui colli, Casabona sarà chiamato a scoprire che cosa nascondono da decenni le acque torbide del lago di Bali. Qual è il prezzo della verità? E può la giustizia aiutare a dimenticare?

Il ritorno di un grande commissario: un personaggio che con la sua intelligenza e umanità ha conquistato migliaia di lettori.

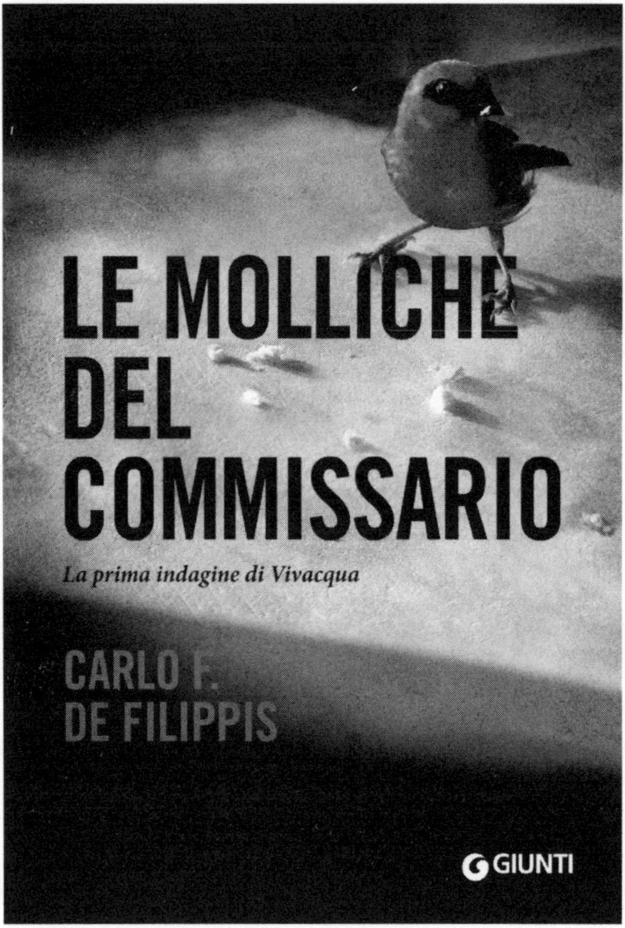

Brossura - pp. 336 - euro 12,90

Carlo F. De Filippis

Le molliche del commissario

«C'è sempre una mollica, anche piccola, basta avere occhi buoni per trovarla»: è questa la frase che il commissario Vivacqua ripete come un mantra ogni volta che si trova alle prese con un nuovo caso. Siciliano trapiantato a Torino, con più cicatrici che capelli e un carattere quadrato come la sua stazza, Salvatore Vivacqua – Totò per gli amici – sa bene che dove c'è un delitto c'è sempre anche una traccia che il colpevole si è lasciato dietro. Ma quando viene chiamato d'urgenza nella chiesa della Santissima Trinità, capisce subito che questa indagine gli darà del filo da torcere. Vicino al confessionale è stato rinvenuto il corpo di don Riccardo in una pozza di sangue, il viso sfigurato, una mano quasi staccata. Ma chi può aver massacrato con tanta ferocia un uomo anziano, che a detta di tutti viveva solo per aiutare gli altri e non aveva nemici? Davvero si è trattato del gesto di un folle, come sostiene monsignor Acutis? Dopo una serie di interrogatori serrati, Vivacqua intuisce che quel delitto è solo il tassello di un mosaico molto più oscuro e complesso. Non a caso, nelle stesse ore, il suo vice Santandrea, detto il Giraffone, è alle prese con un secondo omicidio: una ricca musicista morta per soffocamento durante un gioco erotico finito male, o almeno così sembra... Due delitti a breve distanza negli ambienti più insospettabili della Torino bene. E non è finita qui. Per Totò e la sua squadra sarà una settimana di fuoco.

Un commissario carismatico e tenace, dai metodi poco ortodossi e dalla grande intelligenza. Un'incursione negli abissi dell'animo umano con quella nota di ironia che è l'unico modo per uscirne vivi.

rettilineo S.5

bivio S5.

Vide S.5

frenò S5

ebbe S5

portiera S6

MISTO
Carta da fonti gestite
in maniera responsabile
FSC® C021883

Stampato presso Grafica Veneta S.p.A.
Stabilimento di Trebaseleghe